KB007808

호메로스와 함께하는 여름

Un été avec Homère

실뱅 테송
백선희 옮김

mu∫intree
뮤진트리

모든 걸 그녀에게

차례

머리말   11

이 신비들은 어디서 올까?
영원한 작품들의 유사성   19
하던 일을 멈추고   24
우리의 아버지 호메로스   26
영적 직관, 최면 그리고 노이로제   32

호메로스의 지리
현실에 초연할까?   42
빛을 살다   46
폭풍우에서 살아남다   51
섬을 사랑하다   56
세상에 동의하다   59

일리아스 운명의 시
기원의 암흑   67
전주와 서곡   71
신들은 주사위 놀이를 한다   75
성벽의 바른쪽에서   79
말들이 승리할까?   82
무절제에 대한 저주   87
아킬레우스의 재능   94
홍예 머릿돌   98
평화는 막간이다   101

오디세이아 옛날의 질서

귀환의 노래 107
신들의 조언 110
아들의 이름으로 113
출항하다, 손잡다 118
신비의 왕국 126
취한 배 132
생명선을 따르다 136
왕의 귀환 143
복원의 시간 150
재회의 달콤함 157
평정에 대한 희망 163

영웅과 인간

유형과 인물상 171
힘과 미美 176
망각과 명성 180
기억에 들어서다 185
책략과 웅변술 190
세상에 대한 호기심 193
고집이냐 포기냐 197
신과 인간 205
운명을 받아들이다 207
세상에 만족하다 210
아무것도 희망하지 않기 213
현실을 복잡하게 구상하다 218
스스로 한계를 알다 221

신들, 운명, 그리고 자유

신들, 나약한 신들   231

호전적인 신들   236

개입하는 신들   239

신들 그리고 직접 행동   246

인간은 꼭두각시인가, 주권자인가?   249

삶의 이중 二重 인과관계   254

신들의 결론   257

전쟁, 우리의 어머니

인간들은 전쟁을 원치 않는다!   265

전쟁, 우리의 어머니   270

피할 길 없는 싸움   275

즉자적 짐승   280

록-오페라   286

히브리스 또는 미친 암캐

왜 멋진 그림을 망치려 들까?   295

야수의 나날   299

마지막 징벌   305

히브리스는 결코 사그라지지 않는다!   309

약탈을 통한 히브리스   312

증강을 통한 히브리스   315

호메로스와 순수한 아름다움

텍스트의 신성함   320

신들의 양식糧食으로서의 말   323

순수시   328

말의 폭발   335

세상을 말하는 수식어   338

옮긴이의 말

2천8백 년 묵은 신선함   343

■ 일러두기

- 이 책은 Sylvain Tesson의 《Un été avec Homère》(Équateurs, 2018)
  를 우리말로 옮긴 것이다.
- 본문에 나오는 도서·영화의 제목은 원제목을 번역 표기하는 것을 원
  칙으로 하되, 국내에 번역 출간 및 소개된 작품은 그 제목을 따랐다.
- 저자의 주는 괄호 안에 줄표를 두어 표기했고, 그 외의 모든 주석은
  옮긴이의 것이다.

　《호메로스와 함께하는 여름》을 녹음한 일은 영광이고 행복이었다. 《일리아스》와 《오디세이아》에 빠져들 기회가 내게 주어졌으니까. 여행을 하면 폭포에 빠져 몸을 씻을 수 있다. 마찬가지로 시詩에 빠져도 나를 반들반들하게 닦는 기쁨을 맛볼 수 있다. 몇 달 동안 나는 호메로스의 리듬에 맞춰 숨 쉬었고, 시의 운각韻脚을 들었으며, 전투와 항해를 꿈꾸었다. 《일리아스》와 《오디세이아》는 더 잘 사는 법을 가르쳐주었다. 그리고 우리가 처한 현실도 해설해주었다. 이건 고대의 기적이다. 2,500년 전 에게해의 자갈밭에 던져진(혹은 상륙한) 한 시인이, 몇몇 사상가, 철학자들이 세상에 내놓은 가르침이 이토록 오랜 세월이 흐른 뒤에도 무뎌지지 않았다니! 그리스인들은 우리가 아직 되지도 않은 상태에 대해 알려준다.

21세기를 보라. 중동은 분열되고 있고, 호메로스는 전쟁을 묘사한다. 여러 정부가 잇달아 이어지는데, 호메로스는 인간의 탐욕을 그린다. 쿠르드 족은 그들 땅에서 용맹하게 싸우고 있고, 호메로스는 찬탈당한 권력을 되찾으려는 오디세우스의 싸움을 이야기한다. 생태학적 재해가 우리를 공포로 몰아넣고 있는데, 호메로스는 인간의 광기를 마주한 자연의 분노를 그린다. 요즘 일어나는 모든 사건이 이 시 속에서 메아리친다. 아니, 더 정확히 말하자면 모든 역사적 요동이 호메로스의 예감을 반영한다.

《일리아스》와 《오디세이아》를 펼치면 일상을 읽게 된다. 딱 한 번 쓰인 이 세상 신문은 제우스의 태양 아래에서 결코 달라지는 건 없다는 고백을 내놓았다. 인간은 여전히 그 모습 그대로다. 위대하면서도 실망스러운 동물이고, 빛을 발하지만 뱃속 깊이 범속한 존재다. 호메로스는 신문 정기구독료를 아끼게 해준다.

오디세우스가 나타난다. 이 역설적인 인간은 누구인가? 그는 모험을 좋아하지만 집으로 돌아가고 싶어한다. 세상을 향해 호기심을 보이지만 집을 그리워하고,

호메로스와 함께하는 여름

모험에 뛰어들지만 고향집을 꿈꾼다. 블라디미르 장켈레비치는《모험L'Aventure》이라는 책에서 "오디세우스는 가짜 나그네이며 억지 모험가이고, 기질로 보면 붙박이다"라고 비꼬아 말했다. 이 힘과 술책의 챔피언은 여러 성향이 충돌하고 있어서 어떤 인물인지 파악하기가 어려워 보인다. 그는 독자 여러분이고 나이며 우리이다. 우리의 형제다. 우리는《오디세이아》속을 나아가면서 영혼의 거울 앞에 선 느낌을 받는다. 바로 거기에 천재성이 있다. 몇 편의 노래로 인간의 윤곽을 그려낸 것. 호메로스 이후로 아무도 다시 하지 못한 일이다.

《일리아스》와《오디세이아》를 따라가는 내내 영롱한 빛을 받으며 세상에 뛰어든 것 같고, 짐승과 숲이 애틋해지고, 요컨대 삶이 감미롭게 느껴진다. 이 두 권의 책을 펼치면 밀려오는 파도 소리가 음악처럼 들리지 않는가? 물론 때로는 무기 부딪치는 소리가 음악 소리를 덮어버리기도 한다. 그러나 음악은 늘 돌아온다. 이 땅에서 우리가 누릴 삶의 몫에 헌정된 사랑의 노랫소리 말이다. 호메로스는 음악가다. 우리는 그의 교향곡의 메아리 속에서 살고 있다.

이 시는 잃어버린 생명력의 진액을 나라는 유기체에 쏟아붓는다. 호메로스를 읽으면 고무된다. 이것은 영원한 작품들만이 가진 유기적 기능이다. "이따금 그리스인들은 축제를 열어 모든 열정을, 타고난 나쁜 기질들을 풀어놓았다…. 이 세계가 지닌 엄밀하게 범신론적인 측면이 바로 거기에 있다." 니체는《에케 호모Ecce homo》에서 이렇게 힘주어 말한다. 축제 속으로 들어가라! 축제는 아직도 한창이다.

이 책은 내가 방송에서 말한 내용을 옮겨 적은 것이다. 청중을 상대하는 일과 독자를 상대하는 일이 같을 순 없다. 말하기와 글쓰기는 다르다. 녹음실에서 하는 말은 오락가락하고 훨씬 자유로워서 주제를 벗어나기도 한다. 어쨌든 마이크에 대고 호메로스에 대해 말하는 건 그리스식 이야기다. 파도를 타고 나아가는 항해 같은 것이다. 그러니 갑작스러운 선로 변경이 있더라도 여러분이 용서해주리라 기대해본다.

《일리아스》와《오디세이아》에서 인용한 문장들은 필리프 자코테Philippe Jaccottet가 프랑스어로 번역한 《오디세이아l'Odyssée》(라 데쿠베르트 출판사, 1982년, 2004

호메로스와 함께하는 여름

년)와 필리프 브뤼네Philippe Brunet가 번역한《일리아스 l'Iliade》(쇠유 출판사, 2010년, 2012년)에서 가져온 것인데, 현대의 음유시인이라 불리는 필리프 브뤼네는 자신의 번역본이 큰 소리로 낭독될 수 있도록 레가토며 스타카토 등을 고려해 호메로스 시의 리듬을 살리려고 애썼다. 이 시들은 파란색으로 인쇄되었다. 하늘처럼, 그리고 하늘의 누이인 바다처럼 파랗게. 태양처럼 파랗게. 그리고 어쩌면 유일한 맹인 **견자**인 호메로스의 눈처럼 파랗게.

이
신비들은
어디서
올까?

영원한 작품들의 유사성

《일리아스》는 트로이 전쟁에 대한 이야기다. 《오디세이아》는 자기 왕국인 이타케로 돌아오는 오디세우스의 귀환을 이야기한다. 하나는 전쟁을, 다른 하나는 질서의 복원을 묘사한다. 둘 다 인간 조건의 윤곽을 그려 보인다. 신들의 농간으로 성난 대중이 트로이로 몰려든다. 《오디세이아》에서 오디세우스는 섬들 사이를 항해하다가 빠져나갈 길을 발견한다. 두 시詩 사이에는 대단히 격렬한 흔들림이 있다. 한쪽엔 전쟁의 저주가 있고, 다른 쪽엔 섬이 있을 가능성이 있다. 한쪽은 영웅들의 시간이며 다른 쪽은 내적 모험의 시간이다.

이 텍스트들은 2,500년 전 음영시인吟詠詩人들을 매개로 고대 그리스의 미케네 왕국 사람들 사이에 퍼졌던 신화들을 정리한 것이다. 그 신화들은 우리에겐 낯설고 때로는 기괴해 보인다. 흉측한 피조물들, 죽음처럼 아름다운 마녀들, 패주하는 군대, 타협을 모르는 친구들, 희생적인 아내들, 성난 전사들이 신화들을 채운다. 폭풍이 일고, 담장들이 무너지고, 신들은 사랑을 나누고, 여왕들은 흐느끼고, 병사들은 피 묻은 옷으로 눈물을 훔치고, 인간들은 서로 죽인다. 그러다가 다정한 장면 하나가 학살을 중단시킨다. 어루만지는 손길이 복수를 멈춰 세운다.

마음의 준비를 하자. 우리는 강과 전장戰場을 건널 것이다. 신들의 회합에 초대받고 혼전 속에 던져질 것이다. 폭풍과 빛의 소나기를 맞을 것이고, 안개를 후광처럼 두를 것이며, 아늑한 규방에 들어서고, 섬들을 떠돌고, 암초들을 딛고 일어설 것이다.

때때로 어떤 이들은 죽도록 싸우다 쓰러진다. 다른 이들은 살아남는다. 언제나 신들이 그 모습을 지켜본다. 언제나 태양은 빛날 것이며 비극과 얽힌 아름다움을 드러낼 것이다. 인간들은 저마다 계획을 추진하기 위해 분투할 테지만, 각 사람 뒤에서는 어느 신이 제 할 일을 하고 있을 것이다. 인간은 자유롭게 선택하는 걸까, 아니면 타고난 운명을 따르는 걸까? 인간은 가련

호메로스와 함께하는 여름

한 졸卒일까, 아니면 주권을 가진 피조물일까?

이 시의 배경으로 섬, 곶, 왕국이 펼쳐진다. 1920년 대에 지리학자 빅토르 베라르Victor Bérard[1]는 이 공간적 배경을 대단히 자세하게 파악했다. 마레 노스트룸Mare Nostrum[2]에서 아테네와 예루살렘의 딸인 유럽의 원천 중 하나가 솟아났다.

깊은 바닥에서 솟아올라 영원 속으로 폭발하듯 울려 퍼지는 이 노래들은 어디서 온 걸까? 어째서 이 노래들은 우리가 듣기에 이토록 비할 데 없는 친숙함을 간직하고 있을까? 2,500년 묵은 이야기가 작은 만灣의 수면처럼 반짝이며 새롭게 울리는 것을 어떻게 설명해야 할까? 불멸의 젊음을 지닌 이 시들은 어째서 여전히 우리에게 내일의 비밀을 알려줄까?

이 신들과 영웅들은 어째서 이토록 친구처럼 보일까?

이 노래 속 영웅들은 여전히 우리 안에 살아 있다.

---

1 1864~1931, 프랑스의 외교관이자 정치가로 호메로스의 《오디세이아》를 번역했고, 오디세우스의 여행경로를 재구성했다.
2 라틴어로 '우리의 바다'라는 뜻으로, 지중해를 가리킨다.

그들의 용기가 우리를 홀리고, 그들의 열정이 친근하게 느껴진다. 그들의 모험은 우리가 지금까지 사용하는 표현들을 벼렸다. 그들은 증발해버린 우리의 형제자매들이다. 아테나, 아킬레우스, 아이아스, 헥토르, 오디세우스, 그리고 헬레네! 그들의 무훈시가 오늘의 우리를, 유럽인들을 낳았다. 우리가 느끼는 것을, 우리가 생각하는 것을 낳았다. 샤토브리앙Chateaubriand은 "그리스인들이 세상을 개화했다"라고 썼다. 호메로스는 여전히 우리가 살아가도록 돕고 있다.

호메로스의 존재를 둘러싼 불가사의에는 두 가지 가설이 있다.

하나는 신들이 정말로 존재해서 그들의 이야기에 영감을 주었다는 것. 신들이 호메로스에게 예지를 불어넣었다는 것. 그렇게 시간의 심연 속에 던져진 이 시는 우리 시대를 만나도록 예정된 전조였다는 가설이다.

또 하나의 가설은 제우스의 태양 아래 달라진 건 아무것도 없다는 것. 그리하여 이 시들을 관통하는 주제들—전쟁과 명예, 위대함과 달콤함, 두려움과 아름다움, 기억과 죽음—은 영원회귀라는 화로의 연료라는 것이다.

나는 믿는다. 인간의 불변성을. 현대의 사회학자들은 인간이 개선될 수 있으며 진보가 인간을 개선해주고 학문이 인간을 개량한다고 믿는다. 객설이다! 호메로스의 시가 시들지 않는 것은 인간이 옷을 갈아입어도 여전히 동일한 인물이기 때문이다. 트로이 평원에서 투구를 쓰고 있건 21세기의 버스 노선에서 버스를 기다리고 있건, 똑같이 가련하거나 위대하며 똑같이 보잘것없거나 숭고한 인물이기 때문이다.

하던 일을 멈추고

    이 오래된 책들을 읽어야 했던 어린 시절이 기억나는가? 중학교 1학년 교과 과정에 호메로스가 있었다. 하지만 그때 우리는 숲속을 쏘다니며 뛰어놀아야 할 아이들이었다. 그러니 지독히도 지루해하며 교실에서 창밖을 내다보곤 했는데, 그때 하늘에는 전차라곤 코빼기도 보이지 않았다. 짜릿한 현대성을 띤 시, 독창적이기에 영원한 황금시가, 소란과 격노로 들끓는 노래가, 풍성한 교훈과 더없이 가슴 저린 아름다움을 담고 있어 오늘날에도 시인들이 여전히 눈물을 흘리며 암송하는 노래가 우리 안에서 우러나도록 기다려보는 건 어떨까?

    다다이스트처럼 조언하자면, 자질구레한 근심 따윈 떨쳐버리자! 설거지는 내일로 미루자! 모니터를 끄자! 젖먹이 아기들이 울어도 내버려두고, 당장 《일리아스》

와 《오디세이아》를 펼쳐 들고 바다 앞에서, 방 창문 앞에서, 산꼭대기에서 큰 소리로 몇 구절 읽어보자. 비인간적일 정도로 숭고한 노래들이 우리 안에서 벅차오르도록 기다리자. 그 노래들은 우리가 이 시대의 안개 속을 나아가는 데 도움을 줄 것이다. 끔찍한 세기들이 앞서 걸어가고 있지 않은가. 내일엔 드론들이 다이옥신으로 오염된 하늘을 감시할 테고, 로봇들이 생체인증으로 우리를 식별할 테고, 문화적 정체성을 주장하는 건 금지될 것이다. 내일엔 수십억 인류가 항시 접속되어 서로를 감시할지도 모른다. 다국적 기업들이 유전자를 조작해 몇십 년 더 살 가능성을 우리에게 제안할지도 모른다. 오늘의 늙은 동반자 호메로스가 이 포스트휴머니즘적인 악몽을 내쫓을 수 있다. 그는 우리에게 한 가지 태도를 제시한다. 축소된 지구에서 사는 증강된 인간이 아니라 빛으로 영롱하게 반짝이는 세상 속에 자신을 한껏 펼치는 인간의 태도를.

우리의 아버지 호메로스

《일리아스》의 15,000시구詩句,《오디세이아》의 12,000 시구. 이 이상 글을 더 쓸 필요가 있을까!

라스코 동굴의 프레스코 벽화로 그림 제작이 종결될 수도,《일리아스》와《오디세이아》로 문학 창작이 종결될 수도 있었을 것이다. 그랬다면 우리의 도서관들이 말의 무게에 무너질 일은 없었을 터다!《일리아스》와 《오디세이아》는 문학의 시대를 열고 모더니티의 주기를 닫는다.

몇 편의 6각시 안에서 모든 것이 펼쳐진다. 위용과 굴종, 존재의 난관, 운명과 자유의 문제, 평온한 삶과 영원한 영예 사이의 딜레마, 절제와 광기, 자연의 단맛, 상상의 힘, 덕성의 위대함과 삶의 취약성….

이 시詩 폭탄을 설치한 사람에게는 여전히 불가사의 가 드리워져 있다!

호메로스는 누구였을까? 어떻게 한 사람이 이런 라듬을 만들어낼 수 있었을까? 니체를 사로잡았던 이 문제를 둘러싸고 학자들은 여전히 논쟁을 벌이고 있다. 이 문제는 이 대중화 시대를 강박적으로 사로잡는다. 모든 세기는 그 시대의 천재적 작품들을 작은 관심사로 축소한다. 평등주의를 지지하는 우리 시대는 에고의 주장들에 관심을 가진다. 머지않아 고대 전문가들은 호메로스가 트랜스젠더 작가가 아니었을까 하고 자문할 것이다.

하지만 호메로스는 몸소 이 문제를 일소해버린다. 《오디세이아》의 도입부에서 그는 므네모시네를 소환한다. 기억의 여신인 그녀가 이야기를 들려주고, 시인인 그는 그 멜로디의 정수精髓를 받아적기만 할 것이다. 텍스트가 여신의 입에서 나왔는데 필사자의 가면을 벗겨서 무엇 하겠나.

들려주오, 뮤즈여, 그 용자의 이야기를.
트로이를 함락했고, 수년을 떠돌며
무수한 도시들을 보고 무수한 풍습을 발견했으며,

바다에서 무수한 고난을 겪고

자기 목숨을 구하고 부하들을 귀환시키려 애썼으나,

결국 단 한 명도 구하지 못한 이의 모험을.

어리석은 부하들은 격정에 들떠 이성을 잃고

하늘에 군림하는 헬리오스 신의 소떼를 건드렸으니

태양신이 그들에게서 귀향의 행복을 앗아갔습니다…

제우스의 따님이시여, 이 무용담을 우리에게 들려주소서!

《오디세이아》, 1편, 1~10

호메로스는 기원전 8세기에 살았다. 헤로도토스는 그가 "나보다 400년 앞서" 살았다고 주장했다. 따라서 그는 전쟁 리포터가 아니다. 《일리아스》의 주제인 트로이 전쟁은 기원전 1200년에 일어났으니까. 이 연대는 스티븐 스필버그의 〈인디아나 존스〉에 영감을 준 기이한 독일인 하인리히 슐리만Heinrich Schliemann[3]이 소아시아에서 이뤄낸 고고학적 발견에서 나온 것이다. 미케네 문명은 기원전 1600년에서 1200년 사이에 번성

---

3 1822~1890. 신화 속의 트로이를 발굴했다고 알려진 독일의 고고학자.

호메로스와 함께하는 여름

했다가 제 무게를 이기지 못하고 무너져 사라졌다. 따라서 기억과 전설과 무훈시가 계승되고 호메로스라는 이름을 가진 어떤 존재가 그 해안가로 가서 재료들을 끌어모아 시를 만들어내기까지 400년이라는 시간이 흘렀을 것이다. 그러니 세 가지 가설을 세워볼 수 있다.

트로이 전쟁이 끝난 지 400년 뒤에 수염 무성한 순수한 맹인 천재가 나타나 **무無에서** 모든 것을 창조해냈으리라는 가설. 비할 데 없는 창조자, 괴물 같은 이 조물주가 인간이 불을 발견했듯이 문학을 창조해냈으리라는 가설이다.

혹은 호메로스가 음유시인, 음영시인들의 집단에 붙여진 이름이라는 가설이다. 긴 서사시를 즉흥적으로 지어낸 이 이야기꾼 종족은 에게해와 발칸 반도 부근을 떠돌면서 근래까지 살았다. 오늘날엔 이들을 '예술가 집단'이라고 부를 수 있을 것이다. 이들은 수 세기에 걸쳐 전통을 수집해 하나의 텍스트로 엮고, 여기에 한 편 끼워넣고 저기에 볼 만한 대목을 더해가며 텍스트를 늘리고 수정했을 것이다. 이 가설에 따르면《일리아스》와《오디세이아》는 구술 문화유산을 집대성한 것으로, 알록달록한 천들을 이어 붙인 형색이다. 잡다한 첨가는 이런 '가필'에서 비롯했을 거라는 가설이다.

또 하나의 가설은 자클린 드 로미이Jacqueline de Romilly[4]의 이론으로, 진실은 반쯤 길 위에 있다는 것이다. 호메로스가 엄청난 표절자였을 거라는 가설, 잠자리채를 들고 전통 이야기들을 마구 채집해 자기만의 독창적인 형태로 반죽해냈을 거라는 가설이다. 브람스가 헝가리 농민의 춤곡들을 재구성해 고전음악의 유산에 편입시켰다는 사실을 기억하자. 호메로스는 **다양한** 원천들을 **하나의** 항아리에 모은 연금술사였을 것이다. 그는 동시대의 것이 아닌 무훈이며 일화들을 서슴없이 한데 섞었을 것이다. 이런 조리법이 영감이 아니면 무엇이 영감이겠는가?

원천이 잡다하건 단일하건, 텍스트는 그리스인들이 페니키아 문자에서 착상을 얻어 미케네 문명이 무너진 뒤로 이어진 '암흑기' 동안 사라졌던 문자의 용도를 재발견한 8세기의 것이었다. 전문가들은 《일리아스》

---

4 1913~2010. 프랑스의 문헌학자·작가·그리스 전문가.

와 《오디세이아》에 묘사된 사회가 미케네 시대의 사회인지 아니면 인도유럽인들이 에게해의 군도群島로 퍼져 나간 암흑기의 사회인지를 두고 여전히 논쟁을 벌이고 있다.

그렇게까지 세밀할 필요가 있을까! 호메로스는 무엇보다 기적의 이름이다. 인류가 자기 조건에 대한 성찰을 자신의 기억에 새길 가능성을 발견한 순간 말이다.

호메로스는 일대기의 인물(얼마나 지루한 이야기일까!)이기 이전에 하나의 목소리다. 그는 인간들에게 자신들이 어떻게 현재의 모습이 되었는지를 이해할 기회를 제공한다. 발자크가 자신이 쓴 《인간희극》을 읽기 위해 커피를 마셨는지 마시지 않았는지 알 필요가 있는가? 질베르트[5]에 대한 몽상에 빠지기 위해 콩브레의 GPS 주소를 알아야 하는가? 올림포스의 신들이라도 되어야 할까! 전문가들은 사소한 사실들이 수긍할 만한지를 조사하는 데 엄청난 에너지를 소모하느라 중요한 본질을 놓치고 있다!

5 마르셀 프루스트의 소설 《잃어버린 시간을 찾아서》 1권과 2권에서 화자의 유년 시절 회상을 이끄는 첫사랑.

영적 직관, 최면 그리고 노이로제

우리는 왜 여름철 히트곡들을 흥얼거리듯 호메로스의 시구를 흥얼거리지 않을까? 우리의 조부모들은《일리아스》와《오디세이아》의 구절들을 외웠다. 그런데 우리는 단 한 구절도 인용하지 못할 것이다. 호메로스가 남긴 보물을 학교가 등한시한 걸까?

이 신의 노래들, 이 황금시들, 이 열정적인 시를 여러 세대가 누리지 못하게 박탈하는 건 불행한 일이다. 교육부 소속 교육학자들의 노고 덕에 그리스-라틴 인문학이 위축되고 있다. 관념론자들이 학교 개혁을 책임지면서 50년 만에 고대 학문이 죽었다. 그들의 주장에 따르면 죽은 언어를 배우는 건 엘리트주의라는 것이다.

교육부 인사들이 오디세우스의 모험, 안드로마케의 사랑, 헥토르의 용맹에 빠져드는 더없이 순박한 아이들의 마음을 절대 업신여기지 않기를 바란다.

고고학자 하인리히 슐리만은 일기장에 이렇게 썼다. "내가 말할 줄 알게 되자마자 아버지는 나에게 호메로스 영웅들의 무훈담을 이야기해주셨다. 나는 그 이야기들을 좋아했다. 그 이야기들은 나를 매혹하고 들뜨게 했다. 아이가 받는 첫인상은 평생에 걸쳐 남는다."

2,000년 전부터 숱한 문인과 철학자들이 유럽 영혼의 젖줄인 《일리아스》와 《오디세이아》를 해설해왔다. 플라톤도 호메로스가 "그리스인들을 깨우쳤다"는 사실을 알았다.

모든 시구들이 노이로제에 걸릴 정도로 수천 번씩 분석되었다. 어떤 주석가들은 한 구절을 해설하는 데 평생을 바쳤으며, 하나의 형용사(이를테면 호메로스가 오디세우스의 돼지치기에 붙인 '신성한'이라는 형용사)에 관해 여러 권의 책을 쓰기도 했다. 이 학문이 세워놓은 건축물 앞으로 나아가려니 조금은 주눅이 든다! 그러나 베르길리우스에서 마르셀 콩슈Marcel Conche까지, 라신에서 셸리와 니체에 이르기까지 숱한 이들이 쌓아올린 주해가 히말라야 산처럼 높을지라도, 우리는 울창한 텍스트 속을 나아가며 저마다 참고자료를 발췌하고, 가르침을 줍고, 새로운 시각을 발견하는 데서 즐거움을 맛볼 수 있을 것이다.

인류의 역사에서 이처럼 풍성한 결과를 낳은 작품은 많지 않다―종교적 계시가 담긴 위대한 텍스트들은 별도로 치고. 이런 해설 활동은 경이로운 놀이인 셈이다. 시인 필리프 자코테는 밀물처럼 밀려드는 이런 작업에 대해 조금 냉소적인 태도를 보였다. 그는 자신이 번역가로서 한 작업을 일러두기에서 언급하며 이렇게 썼다. "처음엔 시원한 물을 손으로 퍼올린 느낌이 들 것이다. 그런 다음 원한다면 자유롭게 무한히 해설할 수 있다." 또는 헨리 밀러Henry Miller가 그랬듯이 그리스에 도착해서 혹시 영향받을까봐 호메로스를 읽지 않았노라고 열등생처럼 털어놓을(《마루시의 거상Le Colosse de Maroussi》에서) 수도 있다.

그러느니 차라리 시에 빠져들어 이따금 성경의 시편을 암송하듯 그 시들을 암송해보자. 누구라도 거기서 자기 시대의 그림자를, 자신의 번민에 대한 답을, 자신의 경험에 대한 예시를 발견할 것이다. 어떤 이들은 거기서 교훈을 끌어낼 것이다. 또 어떤 이들은 위안을 찾을 것이다. 부르디외[6]라는 이름을 가진 어느 프티 부르주아가 석학 종족을 향해 비난을 쏟아냈지만, 누구라도 그 노래의 음악으로 정신을 반들거리게 닦을 수 있을 것이다. 그러기 위해 대학의 문턱을 넘을 필요는 없다.

---

6 피에르 부르디외Pierre Bourdieu, 1930~2002, 프랑스의 사회학자.

호메로스의
지리

나는 《호메로스와 함께하는 여름》을 쓰기 위해 키클라데스 제도에 틀어박혔다. 미코노스 섬과 마주한 티노스 섬으로 들어가 에게해가 내려다보이는 언덕에 자리한 베네치아풍의 작은 집에서 한 달을 살았다. 가까운 절벽에 올빼미 한 마리가 드나들어, 밤이면 올빼미 울음소리가 울려 퍼졌다. 염소들에게 내준 테라스들은 작은 만 쪽으로 기울어져 있었다. 나는 발전기가 밝혀주는 전등 불빛 아래에서 《일리아스》와 《오디세이아》를 읽었다. 쉬지 않고 부는 바람에 공연히 마음이 불안했다. 언덕 아래에서는 돌풍이 바다를 후려쳤다. 폭풍우가 비단 같은 바닷물에 주먹질을 퍼부었다. 내가 쓴 페이지들이 뜯겨나가고 종이들이 날아다녔다. 수선화들은 일제히 고개를 숙였고, 지네들이 담장 위를 내달렸다. 그곳 바람은 왜 그렇게 거셀까?

빛과 파도 거품, 바람의 젖을 먹고 자란 늙은 젖먹이, 맹인 예술가의 영감을 이해하려면 그곳의 작은 섬에 머물러 봐야 한다. 장소의 정기가 인간을 기른다. 나는 우리 영혼에 지리의 링거가 꽂혀 있다고 믿는다. "우리는 모두 풍경의 자식들이다."라고 로렌스 더럴 Lawrence Durrell은 말했다.

나는 그렇게 그 초소에 머물러 보고서야 《오디세우스》와 《일리아스》의 물질적 본질에 다가설 수 있었다. 헨리 밀러는 그리스 여행에는 "영적 환영들"이 간간이 끼어든다고 생각했다. 호메로스가 시를 새겨넣은 물리적 물질에 섞여들어야 한다.

하늘의 빛, 나무 사이를 스치는 바람, 안개에 감싸인 섬들, 바다에 드리운 그림자들, 폭풍우. 거기서 나는 고대 문장紋章의 메아리를 감지했다. 모든 공간은 저마다의 문장紋章을 갖고 있다. 그리스의 공간은 바람이 때리고, 빛이 관통하며, 의미심장한 발현들이 수면 위로 고개를 내미는 모습이다. 오디세우스는 고통의 배를 타고 그런 신호들을 받았다. 프리아모스와 아가멤논의 병사들은 트로이 평원에서 그 신호들을 지각했다. 지리地理 속에 산다는 것은 독자의 육신과 텍스트의 추상 사이의 거리를 넘어서는 일이다.

현실에 초연할까?

《오디세이아》와《일리아스》를 지형地形 없는 시로 간주할 수도 있을 것이다. 이 시들을 하나의 지형 속에 정박시킬 필요는 없다. 이 시들은 보편적인 '비非장소'를 향하고 있기 때문이다. 초超시간성이 이 시들을 모든 인간의 마음에 바친다. 어쨌든 신화는 현실에 기댈 필요가 없었다. 복음은 팔레스타인에서만큼 에스키모인들 사이에서도 번성하지 않았는가? 셰익스피어가 《한여름밤의 꿈》에서 배경으로 삼은 숲이 어디인지 규명해야만 요정 퍼크에 심취할 수 있는가? 생각에는 지리적 지도가 필요 없고, 호메로스는 미슐랭 가이드 없이도 잘만 지낸다. 그런데도 연구자들은 오디세우스의 항해를 지도 위에서 짚어보려고 고집했다. 하인리히 슐리만이 트로이의 폐허를 발견했다고 주장한 뒤로, 고고학자들은 프리아모스의 도시를 뒤지는 데 평생을 바쳤다. 호메로스의 지리는 그 자체로 하나의 학문이 되었다. 학자들은 더 멀리까지 탐구를 밀어붙였다. 어떤 이들은 아카이아인들이 발트 해에서 왔으며 인도유럽어를 말했다는 걸 입증하고 싶어했다. 알랭 봉바르Alain Bombard[7]는 오디세우스가 지브롤터 해협을 건넜으며 카나리아 제도와 아이슬란드까지 항해했다고 주장했다. 그리스 문명 연구가인 빅토르 베라르는 1920년대에 오디세우스의 여정을 다시 그리고[8] 《오디세이아》에 나오는 장소들을 식별했다. 이를테면 키르케의 왕국을 이탈리아로, 칼립소의 동굴을 지브롤터 남쪽으로, 아이올로스의 섬과 태양의 섬은 시칠리아 부근으로, 로토파고이족의 영토는 튀니지로 규정했다. 1980년대에 탐험가 팀 세버린Tim Severin[9]은 호메로스 시대의 배를 한 척 복원해 당시 뱃사람들의 기술을 사용해 오디세우스의 지리적-시적 섬들을 항해했다. 호메로스 연구에 있어 셜록 홈스 같은 이 연구자들은 어쩌면 텍

---

7 1924~2005, 프랑스의 생물학자.
8 106쪽 지도를 볼 것.(—원주)
9 1940~ , 영국의 탐험가·역사학자·작가.

스트의 아름다움을 누리는 대신 보물지도 놀이를 하느라 시간을 허비했는지도 모른다.

그러나 시인은 추상만 가득 품은 허깨비가 아니다. 시인도 다른 사람들처럼 세상의 현실 속에서 살아간다. 특정한 공기를 마시고, 특정한 땅에서 난 산물을 먹고, 고유의 풍경을 바라본다. 자연은 눈길을 풍요롭게 채워주고, 눈길은 영감에 자양분을 제공하며, 영감은 작품을 낳는다. 호메로스가 몰도바-발라키아 사람이 아니었다면《일리아스》와《오디세이아》는 지금과 같은 억양을 갖지 않았을 것이다.

티노스에서 돌풍에 질겁하고 빛에 넋을 잃어 보고서야 나는 호메로스의 시가 장소의 정기와 인간의 정기의 만남에서 탄생했다는 걸 깨달았다. 그의 시는 그곳의 대기를, 그곳의 바다를 들이마셨다. 호메로스가 그런 이미지와 유추의 저장고를 가진 것은 그곳의 지리를 편력했고, 그 공간을 사랑했으며, 그곳 여기저기서 광경들을 포착했기 때문이다. 다른 곳에서 수확했더라면 결코 같지 않았을 광경들 말이다.

시냇물 콸콸 흐르는 외진 들판에

농부가 가꾸는 올리브나무 묘목은

사랑스레 무럭무럭 자라나

산들바람 맞으며 흰 꽃을 활짝 피우네.

어느 날 불어닥친 거센 폭풍이

나무를 뿌리째 뽑아 내동댕이치듯,

꼭 그렇게 메넬라오스가 무구武具를 빼앗으려고

판토오스의 아들, 거친 물푸레나무 같은 에우포르보스를 죽

였다.

산에서 자란 사자가 제 힘을 믿고

풀을 뜯는 소떼 중 가장 실한 암소를 잡아

그 무시무시한 이빨로 소의 목을 바순 뒤

피를 빨고 내장을 게걸스레 먹어치워도,

개떼와 사람들은 멀찌감치 떨어져

소리만 지를 뿐 파랗게 겁에 질려

누구 하나 감히 덤비지 못하듯이.

꼭 그렇게 트로이인들 중 누구도 감히

용맹한 메넬라오스에게 덤비지 못했다.

《일리아스》, 17편, 53~69

빛을 살다

《오디세이아》와 《일리아스》에는 광자光子가 뚝뚝 흐른다. 그리스인들은 언제나 빛을 숭배했다. 아킬레우스는 불행히도 망령이 되었다. 태양을 벗어나는 건 가장 치명적인 운명이다. 천체를 가지고 농담을 해선 안 된다. 빛은 생명을 흥건히 적시고, 세상을 유쾌하게 만든다. 눈에 보이지 않는 황금으로 시詩들을 씻어준다. 그리스 해안에 접근하는 사람은 누구나 이 황금비를 찾는다. 모리스 바레스Maurice Barrès[10]가 썼듯이 "그리스에서 주된 소재는 언제나 빛이다."

호메로스 이후로 에게해를 여행한 작가들은 그곳에 시를 바쳐 태양에 경의를 표했다. 미셸 데옹Michel Déon[11]은 스페트세스에서 "빛의 세상"을 발견한 걸 자

10 1862~1923. 프랑스의 작가이자 정치가.
11 1919~2016. 프랑스의 소설가.

호메로스와 함께하는 여름

축했다. 헨리 밀러는 낮의 빛 가운데 "영원의 세계에서 나온 듯한 황량한 광야가 나타나는 걸 보았다"[12]고 믿었다. 그리고 선량한 게르만인인 호프만스탈[13]은 그 빛을 이상화하고, 그 빛에서 "정신과 세상의 끊임없는 결합"을 보았다.[14] 자클린 드 로미이는 알렉상드르 그랑다지Alexandre Grandazzi[15]와 나눈 대담에서 이 언어의 아름다움은 "그리스 풍광의 투명한 빛" 속에 있다고 생각한다고 말했다. 자기 나라를 다른 눈으로 볼 법도 한 그리스인들은 이렇게 말한다. "이 나라는 침묵만큼 독해서 이를 악물고 말이 없다. 이 나라엔 물이 없다. 빛만 있을 뿐이다." 야니스 리초스Yánnis Rítsos[16]가 《그리스다움Grécité》이라는 책에 쓴 말이다. 그리스의 빛에 바치는 숭배는 《오디세이아》에서 시작된다. 태양신의 소떼를 공격한 오디세우스의 뱃사람들 모두는 그 대가로 목숨을 내놓게 될 것이다. 헬리오스(태양)라는 말은

---

12 《마루시의 거상》, 1941.(─ 원주)

13 후고 폰 호프만스탈Hugo von Hofmannsthal(1874~1929), 잘츠부르크 축제를 만든 오스트리아 작가.

14 《생생한 그리스: 기념물, 경치, 주민》, 1923.(─ 원주)

15 1957~ , 고대 로마 시대를 전문으로 연구하는 프랑스의 고고학자.

16 1909~1990, 그리스의 시인.

30세기가 흘러도 바뀌지 않았다. 태양은 수십 억 년 전부터 빛나고 있고, 호메로스의 표현에 따르면 "저 꼭대기의 신"인 태양은 "기쁨을 안겨주는 그의 소들을 무례하게 죽인" 인간들을 용서하지 않는다(달리 말해 땅의 원천들을 탐욕스레 남용하고, 희소성을 고려하지 않고 땅의 보물을 마구 개발하는 것을 용서하지 않는다).

리초스는 빛에 고분고분하지 않은 모든 것을 내쫓으며 호메로스의 뜻에 어긋나지 않았을 법한 표현을 사용한다. "혹시 너에게 빛이 거슬린다면 그건 너의 잘못이다."

빛은 육신을, 부드러운 감촉을, 냄새를 지녔다. 날이 더워지면 웅웅거리는 빛의 소리가 들린다. 빛은 나무 틈에서 회오리처럼 맴돌고, 바위 하나하나를 드러내주며, 붉어진 지형을 부각하고, 바다 위로 제 불꽃에 불을 붙인다. 그리스의 빛에 이런 내재성을, 이런 고통스러운 투명성을 부여하는 대기와 하천과 호수와 지질의 현상들을 과학적으로 연구해보아야 할 것이다. 왜 이곳의 바다는 다른 곳보다 눈부신 그림자의 몽상처럼 보일까? 왜 섬들은 햇살과 더불어 태어나는 것처럼 보

호메로스와 함께하는 여름

일까? 인간들이 비할 데 없는 빛의 힘을 노래해 그 광채가 더 부각된 거라고 보아야 할까? 아니면 신들이 정말로 존재하고, 헤시오도스부터 카바피스[17]까지 신들에 관해 이야기하는 모든 것이 지어낸 이야기가 아니라고 시인해야 할까? 《일리아스》 속 무기는 언제나 눈부시게 반짝인다. 아킬레우스의 방패 위에서 "지칠 줄 모르는 태양"이 빛난다. 무기들은 빛을 반사한다. 한 병사가 죽거나 상처를 입으면 "칠흑 같은 어둠이 그의 눈꺼풀을 덮는다." 그리스인들은 이 빛의 소나기에서 가르침들을 끌어냈다. 황금 햇살 속에서 살다 보니 그들은 이 지상에서의 체류가 아침과 저녁 사이의 짧은 구간을 닮았다는 사실을 이해했다. 모든 것이 베일을 벗는 그 구간은 낮이라 불리고, 그것들이 더해져 삶이 된다.

후고 폰 호프만스탈은 말했다. "이 빛 속에서 사는 것들은 기대도 향수도 없이 진짜로 산다." 오디세우스는 섬들을 탐험하러 가서 그곳의 순수성을 발견한다. 그가 그 섬들을 뒤지는 첫 인간이다. 그는 용감한 선장

---

17 콘스탄티노스 페트루 카바피스Konstantínos Pétrou Kaváfis(1863~1933), 그리스의 시인.

으로, 한 번도 걷힌 적 없는 장막 너머에 최초의 눈길을 던진다. 빛은 눈이 아직 보지 못한 것을 폭로한다. 오디세우스는 자신이 발견한 것을 분석할 기준을 갖고 있지 않다. 키클로페스, 연인들을 돼지로 둔갑시키는 마녀, 공격적인 거인, 포효하는 괴물. 광자 아래 있는 모든 것이 새롭다.

폭풍우에서 살아남다

빛의 이면은 안개다. 이 섬들에서는 안개가 별안간 걷힌다. 꼭 신이 친 커튼 같다. 이러한 안개의 순간성 때문에 호메로스는 신이 전투를 피하게 하려고 영웅에게 구름을 드리운다는 이미지를 그토록 자주 사용하게 된 걸까? 《일리아스》 20편에서 아폴론은 헥토르를 보호하기 위해 안개로 그를 감싸는데, 그것은 "신에게는 쉬운 일"이다.

신성하고 민첩한 아킬레우스가 세 번이나 청동 창을 들고 덤벼들었으나 세 번 다 짙은 안개를 쳤을 뿐이다.

《일리아스》, 20편, 445~446

호메로스의 바다에는 언제나 폭풍이 몰아친다. 바람이 "배들을 파손"한다.

노토스의 바람이건 제피로스의 바람이건

별안간 폭풍이 불어닥치면

갑작스러운 죽음을 어떻게 피할까,

두 바람의 신이 수호신의 뜻을 거스르고 배를 부숴대는데!

《오디세이아》, 12편, 287~290

바다의 노여움엔 결코 전조가 없다. 폭풍은 경고하지 않는다. 모든 바다 괴물은 충동적이다. 고대인들의 마음속에서 태풍은 능욕당한 신의 분노를 표현한다. 오디세우스는 떠올린다.

우리가 그 섬[키르케]을 지나자마자 갑자기

물보라와 너울이 보였고, 바다가 노호하는 소리가 들렸소.

질겁한 내 부하들의 손에서 노들이 떨어져 날아갔다오.

《오디세이아》, 12편, 201~203

키클라데스 군도 중 한 섬의 높은 절벽에서 대기를 응시한다. 대기는 폭발의 전조인 거짓 평온과 돌변을 펼쳐 보인다. 우리는 물에 따귀를 날리는 돌풍의 광기

호메로스와 함께하는 여름

를 지켜본다. 그리고 오디세우스의 뱃사람들에게는 바다가 모든 위험의 중심이었다는 걸 이해한다. 별것 아닌 짧은 항해일지라도 이렇게 인접한 섬들 사이를 지나는 건 미지 속으로 뛰어드는 일이었다.

모든 출항 준비에는 '재앙'에 대한 전망이 감춰져 있었고, 오디세우스의 말처럼 모험은 불확실성 속에, 구원은 공허 속에 있었다. 그들은 두려움을 가득 안고 이 섬 저 섬을 샅샅이 뒤지고 다녔다. 항해는 은신처를 옮겨 다니는 벼룩의 도약을 닮았다.

《오디세이아》는 영원한 난파 이야기다. 오디세우스가 표류하는 배의 잔해에 매달린 채 한탄한 일이 얼마나 여러 차례던가.

나는 손발을 놓고 풍덩 바다에 빠져
나무 기둥들 근처에 떨어졌고,
나무 기둥에 올라타 두 손으로 노를 저었지요.

《오디세이아》, 12편, 442~444

오디세우스는 이타케로 돌아가려는 강박증에 사로

잡힌 채 끊임없이 물속에 내동댕이쳐지고 엉뚱한 해안으로 실려갔다. 신들의 도움으로 목숨을 구하고, 자기 힘으로 회복하기도 하고, 길에서 벗어났다가 집으로 돌아가야 한다는 강박으로 다시 돌아오곤 했다.

호메로스는 그를 몰아붙인다. 강박적인 생각 없이는 귀환을 희망할 수 없다. 고집만이 폭풍우를 이긴다. 끈질김만이 목표로 이끈다. 이 가르침은 호메로스가 내건 깃발을 명료하게 표현한다. 길게 보면 충직이야말로 가장 고결한 미덕이라는 것. 이런 미덕을 갖춰야 예측불허의 상황에 맞서는 싸움에서 결국 승리한다. 어기지 않는 것, 이것이 삶의 유일한 명예다.

신들은 앞다투어 끼어들어 애초의 격정을 딴 데로 돌리려고 애쓴다. 아이올로스는 바람을 풀고, 카리브디스와 스킬라 같은 흉측한 괴물들은 선원들을 잡아먹으려 든다. 그렇다! 바다는 인간에게 우호적인 곳이 아니다. 호메로스는 "검붉고", "수확 없는", "불모의" 바다라고 부른다. 그는 바다의 비인간적인 수면을 우리가 밀을 수확하는 대지에 견준다. 바다의 표면은 마치 "술지게미" 같다! 드넓게 펼쳐진 에게해의 광막한 수면에

파란 물결무늬가 일렁이는 걸 보면 이 형용어를 이해하게 된다.

그래서 티노스 섬의 작은 집에 포로로 남고 싶다는 생각이 정당화된다. 호메로스를 더 잘 이해하기 위해 대기를 깊이 들이마셔 보는 것도 나쁘지 않을 것이다.

바다는 친구가 아니며, 바다에서 맞는 죽음은 인간의 악몽이다. 물거품은 망각의 점액으로 모든 것을 지운다. 익사자들을 누가 기억할까? 아무도 기억하지 않는다. 고향으로 돌아간 영웅은 누가 기억할까? 온 인류가 기억할 것이다!

태풍을 경험한 모든 뱃사람은 한 가지 이론을 떠올린다. 《오디세이아》에 나오는 괴물들은 폭풍을 의인화한 것이 아니었을까? 밧줄을 때리는 바람의 울부짖음을 들으면 어떤 짐승이 깨어난 모습을 상상하게 되지 않는가? 그 울음소리는 인간을 벼룩처럼 작아지게 한다. 바람의 고삐가 풀리면 그 분노는 얼굴을 갖게 되고, 그것을 그리는 건 시인의 몫이다.

섬을 사랑하다

빛이 있고, 안개가 있고, 섬들이 나타난다.

각각의 섬은 하나의 세상이다. 섬들은 떠다니고 미끄러지고 흩어져서 사라진다. 마치 우주 같다. 때로는 바람에 흩어지는 햇살처럼 조각조각 부스러진다. 섬들을 잇는 끈은 무엇일까? 항해다. 항적은 제멋대로 튀는 진주알들을 엮는 목걸이 끈이다. 뱃사람은 흩어진 섬들 사이를 떠돈다. 대기가 안정적일 때는 꼭 짐승들 같다. 혹은 바다가 계곡을 집어삼킨 산의 꼭대기 같기도 하다. 표면에 숲은 거의 보이지 않는다. 그리스인들은 자기들의 섬을 염소들에게 내주었고, 그후 염소들은 공짜로 풀을 깎아주고 있다. 각각의 섬들은 위풍당당하고 찬란한 한 세상의 주권을 주장한다. 섬들은 부유하는 하나의 세계를 에워싼다. 그 세계의 동물들, 신들, 법칙들, 신비들까지 함께 보듬는다. 때때로 아침에

호메로스와 함께하는 여름

섬들은 안개 속으로 사라졌다가 투명한 대기 속에 다시 나타난다. 섬들은 점멸한다. 바람 불고 빛이 희롱하는 키클라데스 군도 가운데 한 섬에 잠시 머물러보면 고립이 고통스럽게 느껴진다. 섬은 제 덮개 속에 스스로 갇힌다. 그렇게 한 세계로 자리 잡는다. 이웃 섬들은 19세기 유럽인에게 파푸아인이 낯설었던 만큼 낯설어진다. 멀리서 보면 섬들은 또렷이 구분되고, 위험한 물길로 분리되어 접근하는 것이 불가능해 보인다. 섬들은 저마다 고통스러운 비밀을 품고 있다.

고대 사람들은 이처럼 분리된 세상들의 공존 속에서 상상을 길어냈을까?

섬들은 소통하지 않는다. 이것이 호메로스의 가르침이다. 다양성은 저마다 개별성을 지키도록 요구한다. 다양성이 존속하길 바란다면 거리를 유지하라!

아카이아인들에게 섬은 사납고 위험한 나라처럼, 하늘과 바다 사이에 떠 있는 돌성처럼 보였다. 인간은 그곳에서 시련을 겪을 채비가 되어 있다. 그 대가로 가르침을 얻을 것이다.

어느 날 키클로페스들의 섬이 생겨난다. 그 섬에는

문명을 등진 하등한 존재들이 땅을 일구지 않고 과실을 채취해 살아간다.

마녀들의 섬도 솟아나는데, 마녀들의 유일한 목적은 인간이 제 열망을 잊게 만드는 것이다.

로토파고이족의 섬도 나타나는데, 이 왕국에 들어서는 자들은 나태한 쾌락에 빠져든다.

그리고 이타케가 있다. 이 섬은 함정 섬île-piège이 아니다. 고향집은 중심이다. 이타케는 오디세우스 세계의 축으로 빛을 발한다. 오디세우스는 진짜 모험가들의 왕조를 창시한다. 그들은 모항母港을 가졌기에 아무것도 두렵지 않다. 모든 왕국은 우리를 강하게 만든다. 말 한 필에 왕국을 내주는 자는 미친 자다!

호메로스의 진짜 지리地理는 이 건축에 있다. 조국, 가정, 왕국. 우리의 고향 섬, 우리가 통치하는 궁전, 우리가 사랑을 나누는 침실, 우리가 건물을 짓는 영지. 고향을 내세우지 못한다면 우리는 자기 모습에 당당하지 못할 것이다.

세상에 동의하다

호메로스의 지리는 땅의 얼굴을 그린다. 눈부신 광채와 위험을 품은 섬에 날이 밝는다. 생명의 형태들이 만화경 속처럼 폭발한다. 생명은 쉬지 않고 생산한다. 벌레들은 이 배출의 목록을 늘리는 일에 결코 지치지 않는다. 짐승과 식물도 세상의 질서에 맞춰 존재한다. 광맥 속 보석처럼 세상에 박힌 채, 살아 있는 각각의 보석들은 고개를 내밀며 그 존재만으로도 신성을 구현한다. 그들의 아름다움이 그들의 교리다. 우리는 다가갈 수 없는 낙원과 영원한 삶을 꿈꿀 것이 아니라 세상에 만족할 수 있어야 할 것이다. 호메로스 시대는 일신론의 계시들이 불분명한 약속들에 대한 기대를 인간들에게 아직 전파하지 않은 때였다. 고대에는 인간과 현실세계 사이의 가능한 결합을 아는 것이 눈부신 위업이고 엄청난 승리였다. 태양 아래 드러나는 현실 속에서 인간의 길을 열정적으로 걷지 않고 왜 내세를 희망한단 말인가?

2세기의 알렉산드리아 교부 클레멘트는 말했다. "존재하는 것에 경탄하라." 세심한 범신론자 호메로스는 이런 지시가 있기도 전에 내재적 광채에 경의를 표했다.

그는 현실을 향한 더없이 아름다운 사랑 고백을 아킬레우스의 방패에 관한 시구에 담아낸다. 《일리아스》의 열여덟 번째 노래에서 테티스는 대장장이 신 헤파이스토스를 찾아가 자기 아들 아킬레우스를 위한 무기를 만들어 달라고 청한다. 대장장이 신은 열성을 다해 방패를 만든다. 인간세계의 온갖 면면들을 그린 그림으로 방패를 장식한다.

여기서 묘사 문학은 더없이 천재적인 표현을 경험한다. 시인은 충격을 견디는 데 쓰일 금속 원반 속에 온 세상을 집어넣는다. 세상 속처럼 방패 위에서도 모든 것이 공존한다. 더위와 추위, 삶과 죽음, 전쟁과 평화, 시골과 도시가. 마찬가지로 모든 것을 받아들이고 모든 것을 좋아해야 마땅하다. 모든 개별성은 자기 자신을 잃지 않는다는 조건하에 흐려지지 않은 채 반대 되는 것과 나란히 함께 갈 수 있다. 이렇게 균형 잡힌 채 세상은 수직적 체계 속에 배열되고 천체의 역학만큼 조화롭게 제시된다.

그런 다음 저명한 절름발이 신은 아름다운 골짜기에
눈부시게 흰 양떼가 머물 방목지를 만들고
지붕을 인 오두막과 울타리에 양 우리까지 더했다.
저명한 절름발이 신은 번쩍이는 무도장도 만들었는데,
일찍이 다이달로스가 곱슬머리를 곱게 늘어뜨린 아리아드네
를 위해 드넓은 크노소스에 만들어준 것과 닮았다.
무도장에서는 총각들과 소 여러 마리 값이 나갈 처녀들이
서로 손을 잡고 춤을 추었다.
처녀들은 하늘하늘한 옷을 입었고,
총각들은 곱게 짠 천에 기름을 먹인 긴 옷을 입었다.
처녀들은 예쁜 화관을 썼고,
총각들은 은띠에 황금 칼을 찼다.
때때로 그들은 도공이 손에 익은 녹로를 돌릴 때처럼
능숙한 걸음걸이로 경쾌하게 원을 그리며 돌았고,
때로는 마주 보고 줄을 지어 서로를 향해 달려갔다.

....

그는 튼튼하게 만든 방패의 가장자리에

힘차게 흐르는 오케아노스 강을 집어넣었다.

《일리아스》, 18편, 587~608

호메로스의 지리는 이러했다.

그것은 그냥 지나칠 수 없는 현실의 노래이며 세상의 힘을 당당히 증언한다. 그것은 우리 삶의 순환을 담은 다정한 장면이다.

우리는 빛을 누리고, 바다에서 죽고, 땅의 과실로 산다. 호메로스는 그 사실을 안다. 우리는 땅의 제자들이다. 이 사실을 절대 잊지 말아야 한다. 우리가 현실의 매혹 속에 뛰어들 수 있게 해준 삶에 고마워해야 한다.

저명한 대장장이 신은 젊은이들의 원무 그림으로 자기 작품을 마무리 짓는다. 삶의 시를 범신론적으로 받아들이면 순박한 기쁨을 맛보게 된다. 오, 숲과 바다와 사막의 신들이여, 우리의 사색에서 침울한 신앙만은 면제해주십시오! 죽고 나면 우리를 기다릴 처녀들은 없을 테니!

땅 위에, 바람과 빛 가운데 이렇게 제시된 지리 위에서 사는 게 다 무슨 소용이겠는가. 희망 없는, 다시 말해 약속 없는 세상의 빛에 젖은 채 미친 듯이 춤추기 위함이 아니라면.

일리아스
운명의
시

기원의 암흑

　　몇몇 시인들의 추측과 달리 트로이 전쟁은 분명히 일어났다.

　　《일리아스》는 대뜸 시작된다. 호메로스는 서문을 쓰지 않았다. 독자는 등을 떼밀려―트로이 성벽에서 떼밀리는 건 아니고―소요騷擾의 열 번째 해로 들어선다. 호메로스의 책을 펼치는 것은 느닷없이 폭풍과 전투의 따귀를 맞는 일이다. 우리는 불화의 원인은 알지 못한 채 그리스인들이 잔뜩 모여 논의하는 장면과 맞닥뜨린다. 문학에서 호메로스는 전쟁에 나선 아카이아인이나 마찬가지다. 그는 단호하게 환부를 도려낸다. 《일리아스》의 주제는 아킬레우스와 그의 분노, 그리고 그 분노가 불러온 재앙이다.

　　문을 여는 첫 시부터 우리에게 그 사실을 알려준다.

노래하라 여신이여, 펠레우스의 아들 아킬레우스의 분노를,

아카이아인들에게 숱한 고통을 안겼고

수천 전사들의 거친 영혼을 하데스에게 보냈으며

그들의 몸을 개와 새들의 먹이로 던진 그 잔혹한 분노를!

《일리아스》, 1편, 1-5

전쟁의 원인을 알려면 몇 편의 노래를 기다리거나 다른 자료를 참조하거나 다른 문학 전통들을 탐색해보아야 할 것이다. 의심할 여지 없이 기원전 8세기의 그리스인들은 음영시인이 시를 읊조리기 시작하는 소리만 듣고도 4세기 전 트로이인과 아카이아인 사이에 일어난 불화에 대한 모든 것을 알았다.

그런데 우리 독자들은 무엇을 알까? 스무 세기가 흘렀고, 프리아모스의 백성들과 아가멤논의 백성들 사이의 오랜 반목은 우리에게 익숙하지 않다! 조금 더 뒤쪽, 우연히 펼친 시구에서, 아킬레우스는 이렇게 말한다.

왜 트로이인들과 전쟁을 벌여야 하죠?

왜 아트레우스를 따라 군대를 여기로 데려온 겁니까?

머릿결 고운 헬레네 때문이 아니었나요?

《일리아스》, 9편, 337~339

그는 이 짧은 설명을 내놓고는 동료들이 트로이군의
공격을 받고 죽어가도록 내버려둔 채 천막으로 물러난
다. 갈등의 원인에 관해 호메로스가 우리에게 제시하
는 것은 이것뿐이다.

그런데 전쟁의 시작을 이해하려면 헬레네 이전으로
거슬러 올라가야 한다. 그 책임은 신들에게 있다. 테티
스 여신은 펠리온 산에서 제우스의 뜻에 따라 인간 펠
레우스와 결혼한다.

불화의 대명사인 못된 여신 에리스가 결혼식에 초대
된다. 그녀는 젊은 목동 파리스에게 가장 아름다운 여
신을 고르라고 한다. 파리스는 승리의 여신 아테나와
절대적 힘의 화신 헤라, 관능의 여왕 아프로디테 중에
서 선택을 하는데, 대부분의 남자들이 했을 법하게 아
프로디테를 고른다. 그리고 선택에 대한 보상으로 인
간 가운데 가장 눈부시게 아름다운 여인 헬레네를 얻
는다. 헬레네는 스파르타의 왕이자 아가멤논의 동생인

메넬라오스에게 약속된 여자다. 전쟁이 선포된다.

고대 그리스인에게 신체의 아름다움은 보들레르가 말하는 "숭고한 선물"이고, 우월 인자의 표출이며, 지성의 표현이다. 그러나 아름다움은 치명적일 수 있으며, 제우스와 레다의 딸인 헬레네의 아름다움엔 독이 있다. 아카이아인들은 왕의 여자를 트로이인에게 빼앗긴 것을 용인할 수 없었고, 헬레네는 전쟁의 불씨가 된다.

이런 참고자료들은 호메로스의 시보다 나중에 쓰인 그리스어와 라틴어 원천에서 나온 것이다. 장-피에르 베르낭Jean-Pierre Vernant[18]은 이 자료들을 누구보다 깊이 연구해 우리에게 알렸다.

---

18 1914~2007. 고대 그리스를 전공한 프랑스의 역사학자이자 인류학자.

호메로스와 함께하는 여름

전주와 서곡

　《일리아스》의 초반부 노래들은 소나타의 '주제 제시부'처럼 주제를 제시하기 위한 것이다. 구름이 인간들의 평원 위로 몰려든다. 아카이아인(호메로스는 그리스인을 이렇게 부른다)들이 9년 전 프리아모스 왕의 도시가 마주 보이는 트로이 해안에 도착했다. 병사들은 지쳤다. 아가멤논이 아카이아 군대를 통솔하고 있다. 이 군대는 싸우려는 열정보다 끝장내려는 욕망이 커서 와해된다.

　시간이 흐르면서 병사들의 신경이 무뎌진다. 아가멤논은 한 가지 실수를 범한다. 아킬레우스에게서 전리품 중 하나로 주어진 젊은 여자 포로 브리세이스를 빼앗은 것이다. 늙은 사령관이 무엇인들 못할까! 금발의 잘생긴 영웅, 보잘것없는 사내들의 대장, 발 빠른 아킬레우스. "제우스가 아끼는" 아킬레우스는 최고의 전사다. 수모를 당한 그는 자기 막사에 틀어박혀 원한을 곱

씹는다. 그는 동료들의 공격에 가담하지 않는다. 이것이 분노한 아킬레우스의 첫 번째 얼굴이 된다. 명예를 훼손당해 성난 얼굴.

나중에 그는 전투에서 죽은 친구 파트로클로스의 복수를 하기 위해 다시 무기를 들 것이다. 이때의 분노는 사그라질 줄 모르는 엄청난 격노로 변할 것이다. 그러나 기다려라. 아직은 싸움이 시작되지 않았으니.

호메로스는 대치하는 힘들을 묘사한다. 아카이아 동맹을 이루는 무장한 민족들이 길게 열거된다. 우리는 낯선 왕들과 잊힌 영주들이 통치하는 먼 섬과 바다로 이루어진, 상상을 뛰어넘는 지리를 발견하게 된다. 누가 그들을 기억할까? 그들이 존재하긴 했을까? 기묘한 열거가 시구 속에 울려 퍼진다.

페넬레오스, 레이토스, 아르케실라오스, 프로토에노르
그리고 클로니오스가 보이오티아인들을 지휘했다.
이들은 히리아, 바위투성이의 아울리스, 스코이노스,
스콜로스, 언덕이 많은 에테오노스, 그라이아, 테스피아이
그리고 넓은 무도장이 있는 미칼레소스에 사는 자들이거나

호메로스와 함께하는 여름

하르마, 일레시온, 에리트레스 부근에 사는 자들이거나

엘레온, 힐레, 페테온, 오칼레이,

메데온의 튼튼한 성채, 코파이, 에우트레시스

그리고 비둘기의 고장 티스베를 차지한 자들이거나

코로네이아와 풀이 무성한 할리아르토스를 차지한 자들이거나

플라타이아를 차지한 자들이거나 글리사스에 사는 자들이거나

히포테바이의 튼튼한 성채와 포세이돈의 성소가 있는

신성한 옹케스토스에 사는 자들이거나

포도의 고장 아르네를 차지한 자들이거나

신성한 니사, 미데아 그리고 머나먼 변경에 자리한

안테돈에 사는 자들이었다.

《일리아스》, 2편, 494~508

목록은 꽤 오랫동안 이어질 수도 있을 것이다. 호메로스는 왜 이런 놀이를 즐길까? 모자이크처럼 구성된 세계의 영광을 위해서다. 고대 그리스는 보편성을 개의치 않고, 세상의 단일성도 개의치 않는다. 그리스적인 것들 중엔 세계적인 것이 아무것도 없다. 사람과 장소들은 서로 명백히 구분되고, 레비-스트로스가 권장

했듯이 모든 단일화는 경계해야 마땅하기에, 다행히도 서로 적대적이며 무한히 개별적인 부분들로 구성되어 다채롭고 알록달록하게 반짝인다.

빛이 벼려낸 모습 그대로의 '인간'은 호메로스의 그리스인들 사이에는 존재하지 않는다. 여기서 각 사람들은 하나의 얼굴, 하나의 품행, 하나의 혈통, 그리고 한 명의 왕을 가졌다. '선박 카탈로그'는 포착하기 어려운 눈부시고 야수적인 현실을 그려낸다. 분석으로는 절대 포착할 수 없고 오직 묘사만 가능한 현실이다. 이 채색 유리는 의미를 담고 있지 않다. 그 면면들에 이름을 붙이는 것으로 만족하자.

신들은 주사위 놀이를 한다

헬레네는 파리스에게 유괴당해 트로이 성 안에 붙들려 있다. 대립을 피할 길이 없다.

사람들은 두 당사자인 연인과 남편, 즉 아름다운 헬레네를 데려간 파리스와 사취당한 남편 메넬라오스의 결투를 주선함으로써 대규모 충돌을 피해보려 애썼다. 그러나 신들이 올림포스 산에 앉아서 주사위 놀이를 하듯 인간들을 가지고 논다. 그들은 인간들이 갈등을 피할까봐 도화선에 다시 불을 붙이기로 결정한다….

제우스가 복잡한 술책을 지휘한다. 그는 파리스에게 수모당해 트로이가 몰락하기를 바라는 헤라의 기분을 달래줘야 한다. 그리고 태곳적에 그를 도와준 적이 있는 테티스의 기분도 달래줘야 하는데, 그녀의 아들 아킬레우스는 아가멤논과 갈등을 겪은 뒤 트로이가 승리하길 바란다. 아테나는 아카이아인들을 지지한다. 아폴론은 트로이 편에 선다.

요컨대 제우스는 도미노 게임을 한다. 신들은 세상이라는 장기판 위에서 우리를 희생시키며 그런 엄청난 놀이를 하는 데 언제나 탁월했다. 19세기에 러시아인들이 '망령들의 회오리'라고 불렀던 정치·군사적 공작 말이다. 오늘날에는 중동에서 제우스의 복잡한 싸움과 유사한 일이 벌어지고 있다. 세계의 강대국들이 화약통 뚜껑 위에 횃불을 놓듯 체스판에 말을 놓고 있다. 제우스가 올림포스의 평화를 얻기 위해 인간의 전쟁을 바라듯이.

호메로스는 초반부의 노래들을 이용해 우리에게 이 진실을 제시하는데, 이 진실은 시에서 다시 거론될 것이다. 인간들이 분열되면 통치하기가 훨씬 쉬워진다는 것. 우리의 몰락은 곧 신들의 권좌다.

신들은 인간들의 조약條約을 깨뜨린다. 제우스는 전쟁의 불씨를 되살리기 위해 아테나를 친히 전투 특공대원으로 보낸다.

어서 진영으로 가라! 트로이인과 아카이아인
한가운데로 가서, 트로이인들이 먼저 맹약을 어기고

승리를 기뻐하고 있는 아카이아인들을 해치게 하라.

《일리아스》, 4편, 70~72

그리고 전투가 시작된다. 이어지는 노래들에는 소문과 분노가 가득하다. **Sturm und Drang.** 독일 낭만주의자들이라면 폭풍과 열정이라고 말했을 것이다. 인간들 사이에는 폭풍이, 올림포스에는 열정이 감지된다. 그러나 호메로스에게는 아직 그려야 할 그림이 있다. 헥토르가 안드로마케에게 건네는 작별인사. 전사는 아내의 품에서 빠져나오면서 익히 알려진 오래된 질문을 듣는다. 평온한 삶이 주는 행복을 영광의 제단에 바쳐야만 하나요?

그러니 당신은 측은히 여기고 이곳의 성탑에 머물러
당신 자식을 고아로, 당신 아내를 과부로 만들지 말아주세요.
군대는 저 무화과나무 앞에 세우세요. 그곳은
우리 도시로 통하는 길목이고 성벽을 공격하기 가장 쉬운 곳
이니까요.

《일리아스》, 6편, 431~434

헥토르는 이 애원을 듣지 않는다.

장담컨대 인간들 가운데 운명을 피할 수 있는 사람은 아무도
없다오,
겁쟁이든 용감한 사람이든 일단 태어난 이상 그 누구도.

《일리아스》, 6편, 488~489

그는 피할 수 없는 것을 향해 달려간다. 다가올 영광
을 비추듯 번쩍이는 갑옷으로 무장하고.

성벽의 바른쪽에서

전쟁이 벌어질 시간이다. 아카이아인들은 방어벽을 세운다. 시詩는 포위하는 쪽과 포위당하는 쪽의 변증법을 짠다. 그때까지 공격은 그리스군의 몫이었고, 트로이군은 성벽 그늘에 몸을 숨기고 있었다. 한쪽은 바다에서 왔고, 다른 쪽은 풍족하게 살고 있다. 한쪽은 침입하고, 다른 쪽은 방어한다. 현시대에 던지는 호메로스의 전언은 이렇다. 문명은 모조리 잃을 것이고, 야만은 모조리 얻을 것이다. 매일 아침 독서를 하며 호메로스를 기억할 것.

성벽이 세워진다. 모든 것이 뒤집히고, 정복자들이 포위당하는 신세가 될 순간이 멀지 않다. 독자는 신들이 인간의 미래를 얼마나 냉소적으로 준비해두고 있는지 알게 된다. 제우스는 포세이돈에게 이렇게 말한다.

장발의 아카이아인들이 함선을 타고

아늑한 고향 땅으로 다시 떠나가거든,

그때는 저 방벽을 산산이 부수어 바닷속으로 쏟아버리고

넓은 해안을 다시 모래로 덮어 저들 군대의 긴 방벽이

흔적도 없이 사라지게 하라.

《일리아스》, 7편, 459~463

이 시구는 식물에 뒤덮여버린 키클로페스족 사원의 이미지를 떠올리게 한다. 나는 앙코르 유적지를, 잉카 문명의 도시들을 생각한다. 우리는 포세이돈이 물에 빠뜨린 아카이아 땅의 제방에서 멀리 떨어져 있지만 결국 동일한 운명이다. 영광스러운 건축물들은 바람에 휩쓸리고 가시덤불이나 모래에 뒤덮여 사라진다. 다시 말해 시간의 공격에 쓸려간다.

모든 것은 흘러간다. 특히 인간은 더더욱 그렇다. 그리고 모든 포위자는 포위당하는 자가 될 수 있다. 성벽의 어느 쪽에 서느냐에 목숨이 달려 있다.

노래들이 이어진다. 때로는 상승 기운이 한쪽에 쏠리고, 때로는 운명이 다른 쪽 편을 든다. 운명의 추가

호메로스와 함께하는 여름

시계추처럼 벌판을 오간다. 아주 치명적인 흔들림이다.

제우스는 선택을 거듭 바꾸고, 기분과 이해관계에 따라 이쪽 편을 들었다가 저쪽 편을 들곤 한다. 혼란 가운데 피어오르는 피 냄새 위로 호사스러운 야영지의 이미지가 불행을 굽어보고 있어, 아름다움이 항상 죽음 위를 떠돈다는 사실을 우리에게 상기시킨다.

그들은 사기충천하여 밤을 지내려고
싸움터에 자리 잡았고, 수많은 화롯불이 타올랐다.
미풍조차 숨죽인 먼 하늘에 밝은 달을 에워싸고
뭇 별들이 또렷이 반짝이듯이,
산봉우리, 곶, 골짜기가 눈부시게 빛나고
하늘에서 영기靈氣가 무한히 부서져 내리고
별빛이 영롱하니 목자의 마음도 벅차오른다.
크산토스의 함선들과 물결 사이로
도시 아래쪽에서도 트로이인들의 화롯불이 타올랐다.

《일리아스》, 8편, 553~562

말들이 승리할까?

호메로스는 전투를 중단시킨다.

오디세우스, 피닉스, 아이아스는 사절이 되어 아킬
레우스를 찾아간다. 호메로스는 하프를 연주하듯 미묘
한 설득의 기술을 펼쳐 보인다. 능욕당한 전사를 전투
로 돌아오도록 격려하는 일이다. 아카이아 군대에게
그의 부재는 가혹하다. 그들은 패배를 겪는다. 그의 귀
환이 운명을 바꿀 수 있을 것이다.

오디세우스는 정치적 논거를 내세워 아가멤논이 아
킬레우스의 "분노를 누그러뜨리길" 원한다면 그에게
많은 보물을 내릴 거라고 주장한다. 피닉스는 기도를
동원하지만 아킬레우스는 끄떡도 하지 않는다. 아가멤
논의 통회痛悔만이 그를 설득할 수 있을 것이다. 아이
아스는 병사들을 논거로 들이민다. 군대가 아킬레우스
를 사랑한다는 것. 이 논거가 전사의 마음을 움직인다.

호메로스와 함께하는 여름

아킬레우스는 전장으로 돌아가진 않겠지만 해안을 떠나지 않기로 한다. 게다가! 행여 선박들이 위협을 받으면, 그리고 헥토르가 다가오면 싸우겠노라 약속한다.

종종 사람들은 아킬레우스의 분노를 병적인 나르시시즘의 표현으로 여겼다. 타산적인 우리 시대에는 명예를 다치는 것이 그 어떤 상처보다 심각한 상처가 될 수 있다고 생각하지 않기 때문이다!

전쟁이 다시 활기를 띤다. 창들이 날고, 권양기가 작동한다. 눈물과 피가 흐른다. "눈동자"들이 감기고, 무기가 "다시 시신 위로 떨어지고"(이것은 호메로스가 죽음을 말하려고 사용한 표현이다), 병사들이 쓰러진다. 살육이 벌어진다.

아가멤논이 부상을 입고, 오디세우스와 디오메데스도 다쳤다. 아카이아인들은 타격을 입었음을 적에게 드러낸다. 트로이군이 아카이아 군대의 방벽 아래까지 다가온다. "이 방벽은 신들의 허락 없이 세워졌다"(《일리아스》, 12편, 8)고 호메로스는 환기한다. 다시 한번 《일리아스》의 청중은 관례를 지키지 않고 한계를 넘어서면 대가를 치른다는 사실을 알게 된다.

방벽과 보루 곳곳에 트로이군과 아카이아군

전사들의 피가 흘렀다.

트로이군은 아카이아군을 내몰지 못했다.

양쪽 군대가 팽팽히 맞서는 모습은 마치 정직한 품팔이 여인이

자식들을 먹여살리기 위해 보잘것없는 품삯을 받고자

저울에 추와 양털을 달아 양쪽의 평형을 맞추는 것과 같았다.

그렇게 양군의 대립과 전투는 균형을 이루었는데,

마침내 제우스가 프리아모스의 아들 헥토르에게 더 큰 영광

을 내리니,

그가 맨 먼저 아카이아군의 방벽을 뛰어넘었다!

《일리아스》, 12편, 430~438

이 시구를 제대로 이해하자. 신들이 우리를 가지고 저글링을 하는데, 운명이 편향적으로 보이면 다른 쪽을 승자로 밀어준다. 호메로스는 이 생각을 자주 내비친다. 인간들은 신들이 꾸미는 흉책의 다양한 조립품이다. 요컨대 우리는 우리의 목숨을 마음껏 처분하고, 신들은 우리를 마음껏 처분한다.

호메로스는 급변하는 전략을 위해 온갖 방식을 탐색

호메로스와 함께하는 여름

한다. 열네 번째 노래에서 기교는 기상천외해진다. 호메로스의 천재성이 발휘된다. 수없이 반복된 상황을 묘사하는 데도 상상은 고갈되지 않는다. 이번에는 다시 아카이아 군이 전술을 바꿔 반격해온다.

헤라는 제우스를 속이기로 마음먹고 아프로디테에게 도움을 청한다. 그리하여 하늘과 땅의 여신이 옷을 바꿔 입는다. 헤라는 제우스의 주의를 딴 데로 돌리기 위해 아양을 떨고, 제우스는 함정에 빠진다. "당신을 향한 욕망이 나를 사로잡소."(《일리아스》, 14편, 328). 사랑의 장면은 인간적이다. 너무 인간적이어서 우습다.

제우스는 헤라를 희롱하느라 여념이 없고, 여신은 아카이아군을 돕도록 포세이돈을 보내 트로이군의 공격을 잠시 중단시킨다.

속아넘어간 걸 알고 격분한 제우스가 흐트러진 전열을 다시 지휘해 힘의 관계를 바로잡으려 한다. 오고 가는 군대의 움직임은 윙거[19], 바르뷔스[20] 또는 주느부

---

19 에른스트 윙거Ernst Jünger(1895~1998), 독일의 작가.
20 앙리 바르뷔스Henri Barbusse(1873~1935), 프랑스의 소설가.

아[21]가 묘사한 세계대전의 부조리한 공격을 연상시킨
다. 그 세계대전에서 군대들은 얼마 안 되는 진흙탕을
정복하느라 몇 달을 들이고 사람 수천 명을 동원했다.
차이점이 있다면? 병사들이 청동 무기를 갖추지 않았
고 번쩍이는 투구를 쓰지도 않았다는 것. 하지만 불길
한 신들이 벌판을 내려다보며 여전히 조종하고 있었을
지도 모른다.

---

21 모리스 주느부아Maurice Genevoix(1890~1980), 프랑스의 소설가.

호메로스와 함께하는 여름

무절제에 대한 저주

그러자 아카이아군의 곤궁이 절정으로 치닫는다. 방벽도 무너지기 일보 직전이다. 《일리아스》에서 방벽은 사회에 할당된 경계인 동시에 주권과 보호를 상징한다. 방벽은 국경처럼 소중한 보물이어서, 틈이 벌어지면 불행이 위협해온다. 호메로스 이후 2,500년이 흐른 지금, 국가도 국경도 없이 평평해진 지구를 주창하는 이들은 언젠간 방벽의 평화로운 그늘에 앉아 《일리아스》를 숙고해봐야 할 것이다.

트로이군이 대열을 맞춰 들이닥쳤다.
아폴론이 귀한 아이기스[22]를 들고 선두에 서 있었다.
그가 아카이아군의 방벽을 쉽게 무너뜨리니,

---

[22] 대장장이 신 헤파이토스가 만들어준 제우스의 방패.

마치 어린아이가 바닷가에 모래성을 지었다가

별안간 재미 삼아 손과 발로 허물어버리는 것 같았다.

《일리아스》, 15편, 360~364

전선이 무너진다. 헥토르가 "모두 함선을 공격하라"
라고 외치자, 트로이군은 그리스 선박들을 공격한다.

여기에 이르기까지 열다섯 편의 노래가 필요했다.

헥토르는 선미를 붙잡았고, 손에 힘을 풀지 않고

배 기둥을 두 손으로 꽉 붙든 채 명령을 내렸다.

불을 가져오라, 그리고 모두 한꺼번에 싸우라!

《일리아스》, 15편, 716~718

아킬레우스는 트로이군이 선박을 공격하면 전투에
개입하기로 약속했었다.

약속은 이행되어야 한다. 행동할 시간이 왔다. "행동
하는 것은 휴식을 알게 되는 일이다." 페르난두 페소아
Fernando Pessoa[23]가 이 아름다운 문장을 쓰기 2,500년
전에 아킬레우스가 이 말을 떠올렸더라면 어땠을까.

호메로스와 함께하는 여름

그랬더라면 죽음의 전장을 면했을지 모른다.

너무 앞서가진 말자. 그는 아직 전투에 합류하지 않는다. 우선은 파트로클로스가 그의 갑옷을 입고 전투 대열에 합류하는 건 받아들인다. 이것은 아킬레우스가 자신의 홀로그램을 전쟁에 내보내는 방식이다.

> 나는 함성과 전쟁이 내 함선들에 이르기 전까지는
>
> 결코 분노를 거두지 않겠다고 맹세했네.
>
> 그러니 자네가 내 갑옷을 어깨에 걸치게.

《일리아스》, 16편, 61~64

이것은 호메로스의 아이러니일까?

아니면 성난 암캐 히브리스[24]로부터 결코 벗어나지 못한다는 것을 환기하는 기회일까? 곧 성난 괴물로 변하게 될 아킬레우스는 자기 친구에게 절제하라고 조언한다.

그건 마치 스탈린이 복음을 암송하는 꼴이고, 타리

---

23 1888~1935. 포르투갈의 시인.
24 오만과 방종을 의인화한 그리스 신화 속 여신.

크 라마단Tariq Ramadan[25]이 처세술의 교훈을 내놓거나 터키 대통령 에르도안이 트로이 들판에서 사우디아라비아 왕과 함께 인권에 관해 철학적 견해를 주고받는 꼴이다.

전쟁과 소요에 도취해 트로이군을 말살하거나

싸움을 트로이까지 이어가진 말게.

영원한 신들 가운데 누가 올림포스에서 자네를 찾아오는 일

이 없도록 말일세.

《일리아스》, 16편, 91~94

괴물 가운데 최악의 괴물이 될 자가 친구에게 신중하라고 조언한다.

아킬레우스가 저지른 학살을 목도할 때 우리는 이 시구를 기억해야 할 것이다. 파트로클로스는 그의 말을 듣지 않는다. 그는 트로이군 대열 한가운데로 뛰어들어 말들을 피투성이로 만든다. 호메로스는 파트로클

---

25 1962~ , 스위스의 이슬람학자.

로스의 격노를 보여주기 위해 인상적인 표현을 사용한다. "이 광인의 일탈." 그는 피라이크메스, 아레일리코스, 프로나오스, 테스토르, 에릴라오스, 에리마스, 암포테로스, 에팔테스 등을 죽인다.

그는 도를 넘어서는 지대한 과오를 범한다. 호메로스의 이야기 전체 흐름이 그렇듯이, 그는 자신이 저지른 죄의 대가를 치른다. 모든 폭력은 처벌을 내포하고 있다. 모든 무절제는 몽둥이를 부른다. 징계는 별안간 이루어진다.

파트로클로스는 아폴론의 공격을 받고 헥토르의 창을 배에 맞고 죽는다. "파트로클로스여, 그대에게 인생의 마지막 한계가 다가왔으니!"(《일리아스》 16권 787). '마지막 한계'는 《일리아스》의 부제가 될 수도 있었을 것이다.

헥토르는 파트로클로스가 마지막 숨을 거두기도 전에 광기에 사로잡힌 그 영혼을 앞질러 심판한다.

가엾도다, 용감한 아킬레우스도 아무 도움이 되지 못했으니!
그가 떠나는 그대에게 숱한 당부를 하지 않았나?

《일리아스》, 16편, 837~838

히브리스의 식사는 아직 끝나지 않았다. 눈먼 힘이 그 나라에 인다. 인간들이 지나가고, 군대가 대적하고, 영웅이 죽어도 무절제는 그대로 남아 이 종복 저 종복으로 옮겨다닌다. 마치 바이러스처럼. 정신을 감염시키는 질병처럼. 이번에는 헥토르가 일탈에 감염된다. 그는 파트로클로스에게서 아킬레우스의 갑옷을 벗겨 스스로 걸치고 시신에 대한 예도 갖추지 않는다.

제우스가 말한다.

> 가련하도다! 죽음이 임박했는데 너는 죽음을
> 생각지 않는구나. 다른 사람들이 모두 두려워 떠는
> 최고 전사의 불멸의 무구를 걸치다니.
> 너는 그 전사가 아끼는 용맹한 친구를 죽이고는,
> 사리에 어긋나게 그의 머리와 어깨에서 무구들을 벗겼구나.
>
> 《일리아스》, 17편, 201~206

이 비난에서 가장 중요한 말을 제대로 이해하자. '사리에 어긋나게'라는 말. 모든 인간은 상대에게 무절제를 범하지 말라고 경고하면서 정작 그 자신은 그 죄를 범한다. 인간은 비장하게도 애처롭다. 타인에게는 통찰력을 발휘하면서 자기 자신에게는 그러지 못한다. 이 신화적 표현을 세속적인 문장으로 풀면 이렇다. "내가 말하는 대로 행하라, 내가 행하는 대로 행하지 말고!"

아킬레우스의 재능

아킬레우스는 친구이자 분신인 파트로클로스의 죽음을 알게 된다. 슬픔에 넋이 나간 그는 아가멤논과 화해하기로 결심한다. 전투에도 참가할 생각이다. 하지만 그에겐 갑옷이 없다. 헥토르가 약탈해갔기 때문이다. 호메로스에게는 테티스가 헤파이스토스를 찾아가는 멋진 막간 장면을 써내려갈 기회다.

아킬레우스의 어머니 테티스는 대장장이 신을 찾아가 아들을 위해 무기를 만들어달라고 청한다.(오! 신화 속 라파예트 백화점에 가서 장비 일체를 갖춰주어 아들이 북을 울리며 자기 운명을 향해, 다시 말해 죽음을 향해 달려나갈 수 있게 해주는 엄마라니, 이 얼마나 가슴 뭉클한가!)

아킬레우스는 친구 파트로클로스의 죽음에 상심해 마음을 고쳐먹고, 어머니의 배려로 새 투구를 쓰고 전투에 나설 준비가 되었다. 격분한 그가 다시 싸움에 나

서도록 모든 것이 준비되었다. 이것이 아킬레우스의
두 번째 분노의 시작이다. 극렬한 폭력이 시작된다.

그러자 아킬레우스는 투지로 무장하고 괴성을 지르며
트로이군에 달려들어 가장 먼저 이피티온을 죽였다.

《일리아스》, 20편, 381~382

우리는 히브리스의 작동원리를 안다. 무엇도 그것
을 멈춰 세우지 못할 것이다. 그것은 연민도 용서도 모
르고, 차별도 두지 않는다. 용병군단에서 말하듯 두려
움도 동정도 없다. 그것은 죽이고, 말살하고, 끝장낸다.
호메로스는 처참한 광경을 묘사하는 데 수백 구절을
할애한다. 그러나 독자여, 안심하라. 혐오감을 느끼는
사람이 그대만은 아니니.

원소들조차 무절제에 맞서 반발한다. 그리하여 전쟁
은 우주적 차원으로 변한다. 인간, 짐승, 신, 물, 불. 모
든 것이 싸움 속에서 부들부들 떤다. 인간은 우주의 기
계장치를 고장 내고 말았다. 총동원이 개시된다.

스카만드로스 강이 아킬레우스의 분노에 대항해 일

어서서 그의 광기를 멈추게 하려고 침상을 덮쳐 그를
휩쓸어가려 한다.

아킬레우스는 익사하지 않으려고 발버둥 친다.

그런데 우리 인간들도 자연을 상대로, 아킬레우스가
신들에게 한 것처럼 행동하지 않았을까? 우리는 균형
을 흩뜨려놓았다. 한계를 넘어섰고, 세상을 약탈했다.
동물들을 멸종시켰고, 빙하를 녹게 했고, 토양이 산성
화하게 만들어버렸다. 오늘날 우리의 스카만드로스 강
이, 다시 말해 생명의 모든 발현이 침묵을 깨고 우리의
남용을 환기한다.

생태학적 용어로는 경계신호에 빨간 불이 켜졌다고
말한다. 신화적 용어로는 강이 범람하고 있다고 말한
다. 우리는 아킬레우스처럼 물에 쫓기고 있다. 그런데
어리석게도 우리가 걸음을 재촉해 다가가고 있는 저

구렁텅이를 향한 경주를 늦춰야 한다는 사실을 여태 깨닫지 못하고 있다.

홍예 머릿돌

마침내 맞대면이다. 《일리아스》의 홍예 머릿돌이다. 뱃사람들의 풍압중심이다. 아킬레우스와 헥토르가 대결한다.

그들은 서로를 뒤쫓는다. 헥토르는 달아나면서 예전의 행복했던 삶을, 그가 곧 떠나게 될 삶을 떠올린다. 그는 아테나에게 속아 멈춰 서고, 아킬레우스와 마주하게 된다. 두 영웅은 욕설을 주고받으며 싸운다. 헥토르가 죽는다. 파트로클로스의 복수가 이루어진다.

그럼에도 아킬레우스의 분노는 사그라들지 않는다. 무분별하게 돌고 도는 히브리스는 사건이 종결되어도 마르지 않는다. 분노는 만족을 모른다. 이제 호메로스는 무절제를 다르게 표현한다.

이제는 도취해서 병사들을 말살하는 것이 아니다. 그것은 모두가 하는 일이니. 아킬레우스는 헥토르의 시신을 훼손한다. 그는 그 시신을 말에 매달아 먼지 속으로 끌고 다닌다. 그런데 고대 전통에서 시신에 예를 갖추지 않는 것은 극도로 비열한 행위요, 모든 "야비한 능욕" 중에서도 최악의 능욕이다.

이 모독은 실망스럽다. 우리는 광기가 멈추리라 생각했다. 하지만 히브리스는 결코 멈추는 법이 없다. 전사들에겐 평화가 없고, 폭력엔 쉴 틈이 없으며, 신들에게는 휴식이 없다. 결국 신들이 격분한다. 호전적이고 사나운 아폴론이 직접 인간의 악랄한 광기에 맞서 맹비난을 쏟아낸다.

신들이여! 그대들은 잔혹한 아킬레우스를 도우려 하지만,
그자는 분별도 없고 가슴속 생각도 유연하지 못하며,
꼭 사자 같아서, 강한 힘과 잔인한 영혼에 종속된
사나운 사자처럼 행동하고
포식할 욕망으로 인간의 양떼를 공격하니
그자는 그렇게 동정심도 없고 수치심도 모르는 자요.
수치심은 인간들을 흥하게도 하고 망하게도 하지요.
사람은 아들이건 이복형제건 소중한 사람을

언젠가는 잃게 마련이지만

눈물을 흘리며 탄식하고 나서는 멈춰야지요.

운명의 여신들이 인간에게 인내하는 마음을 주었으니.

《일리아스》, 24편, 39~49

이것이 호메로스의 가르침 가운데 하나다. 히브리스는 저주스러운 그림자처럼 우리 머리 위를 맴돌고, 우리를 전쟁으로 몰아간다. 그 무엇도 그것을 막지 못한다. 인간들은 번갈아가며 분별을 잃고 흥분한다…. 매일 세계 곳곳에서, 어제는 유럽에서, 오늘은 태평양과 중동에서 피어오르는 전쟁은 결코 만족을 모르고 다시 시작되는 동일한 히브리스의 여러 얼굴 가운데 하나가 아니겠는가? 때로는 독일 보병의 형태로, 때로는 소련군의 형태로, 쇼군의 사무라이 형태로, 혹은 원탁의 기사들의 형태로 말이다.

호메로스와 함께하는 여름

평화는 막간이다

곧 우리는 트로이 평원을 떠나게 된다…. 파괴의 광기가 스러진다. 종말의 참상이 가라앉는다. 호메로스는 우리를 파트로클로스의 장례식에 초대한다. 헥토르의 시신은 아직 그의 가족에게 보내지지 않았다. 장례의 례가 시작된다. 아킬레우스에게는 드디어 왕의 임무를 다하는 모습을 보일 기회다. 그는 영리하게 의식을 주도하고, 논쟁을 해결하고, 통치술을 펼쳐 보인다.

악마가 왕으로 변한다. 인간의 내면에 결코 선과 악의 경계를 명료하게 긋지 않는 데 그리스인들의 천재성이 있다.

아킬레우스는 사이코패스를 구현해 보일 수도 있었을 것이다. 하지만 고대 시인은 도덕적 경계선을 그렇게 확실하게 긋지 않는다. 선악을 뚜렷이 가르는 건 기독교식 변증법, 혹은 더 나쁘게는 이슬람식 변증법이다. 합의된 법률적 변증법.

좀 더 나중에 등장할 일신론에 토대를 둔 계시들은 세상을 이분법으로 읽게 한다. 인간관계의 영롱한 광채 속에 도덕의 독소들을 주입하고, 절망적일 정도로 좁은 능선이 밝은 쪽과 어두운 쪽을 갈라놓는 이분법적인 우리 사회의 불행을 좌지우지함으로써.

《일리아스》의 마지막 그림은 투명한 고전주의풍이라고 조금 바보처럼 말해볼 수 있을 것이다. 고전주의가 고대의 규범에 토대를 두고 있으니 말이다. 그 그림은 위험한 분위기 속에서 감정들이 최고 수준의 품격에 도달하는 장면이다. 헥토르의 아버지인 늙은 왕 프리아모스가 아들의 죽음과 그 시신에 가해진 모욕으로 인한 슬픔을 못 이기고 전선을 넘어 적진으로 가는 장면이다. 그것은 자살이나 다름없는 행보다. 얼마나 대담한 행동인가! 아버지의 사랑은 모든 위험을 이긴다. 물론 헤르메스가 그를 돕긴 하지만 이 일화를 통해 프리아모스는 영원한 영웅들의 행렬에 들어선다.

서로 적인 두 왕은 이야기를 주고받고, 경의를 표하고, 서로에 대해 탄복하고, 암묵적으로 협상한다. 이 대

목에서 호메로스는 품격에 대한 정의를 내놓는다. 덕德
은 충동을 쓰러뜨린다는.

프리아모스는 아킬레우스에게 아들의 시신을 돌려
달라고 애원하러 왔다. 그는 아들을 죽인 자에게 예를
갖춘다. "애원하는 손길로" 살인자에게 다가간다! 그
러자 아킬레우스가 넘어간다. 태양의 시대에 전사는
적의 인간적 위대함에 감탄할 줄 알았다. 프리아모스
는 용기를 냈고, 아킬레우스는 그것을 받아들였다. 두
사람은 헥토르의 장례식을 위해 휴전협정을 맺는다.

그렇게 장례식이 치러지고《일리아스》는 끝날 수 있
을까. 휴전 후에 전투가 재개되고 결국 트로이의 파괴
로 끝이 나게 된다. 그러나 텍스트는 그 사실을 알려주
지 않는다. 우리는 나중에《오디세이아》에서, 다른 장
소, 다른 지면에서 메아리처럼 그 소식을 듣게 된다.

《일리아스》는 우리에게 하나를 가르쳐주었다. 인간
은 저주받은 피조물이라는 것. 세상을 이끄는 것은 사
랑도 아니고 선의도 아니고 분노라는 것.

분노는 이따금 가라앉기도 하지만, 음험한 짐승처럼
아픈 것을 잘 견디지 못하며 제 상처의 원인을 알지 못

하고 땅속에 웅크린 채 코로 숨을 헐떡이며 언제나 으르렁거리고 있다.

호메로스와 함께하는 여름

오디세이아
옛날의
질서

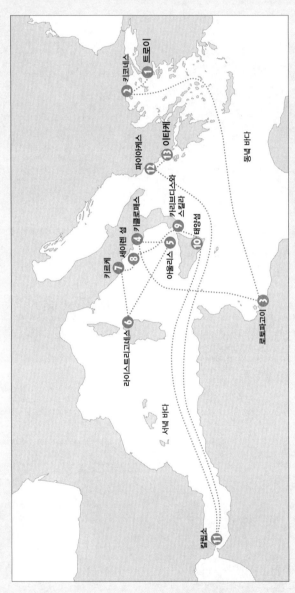

《오디세이아》(1924)를 번역한 빅토르 드 베라르드(1864~1931)가 그린 오디세우스의 항해지도.

① 트로이
② 키코네스
③ 로토파고이
④ 키클롭페스
⑤ 카립브디스와 스킬라
⑥ 라이스트리고네스
⑦ 키르케
⑧ 세이렌 섬
⑨ 태양섬
⑩ 태양섬
⑪ 칼립소
⑫ 파이아케스
⑬ 이타케

동녘 바다

서녘 바다

귀환의 노래

《오디세이아》의 구성은 단선적이지 않고 연대순도 아니다. 요즘 같으면 현대적인 구성이라고 말할 것이다(현대적이라는 말은 불변하는 모든 것을 가리키기 위해 사용하는 표현이다).

이 시는 세 가지 사건을 이야기한다. 아버지를 찾아 나서는 텔레마코스의 출발. 트로이 전쟁 이후 오디세우스가 이타케로 돌아오면서 겪는 모험들. 오디세우스의 귀환과 왕위찬탈자들을 쫓아내고 무너진 질서를 바로잡기 위한 그의 싸움.

그러므로 이것은 고향으로의 귀환과 운명의 재정립에 관한 노래다. 트로이에서 벌어진 인간의 능욕으로 우주의 질서가 흐트러졌다. 조화를 다시 바로잡아야 한다. 제라르 드 네르발Gérard de nerval[26]은 시 〈델피카〉에서 이렇게 노래했다. "그들이 돌아오리라. 그대가 여전히 애도하고 있는 그 신들이! 시간이 옛 질서를 데려오리라." 오, 호메로스의 힘을 품은 시여! 고국으로 돌아오는 것, 사적인 균형을 복원함으로써 우주적 질서를 바로잡는 것, 이것이 《오디세이아》의 목표다. 달리 말해 세상을 다시 개화하는 것이다.

《오디세이아》는 용서의 복음보다 800년 전에 쓰인 사면赦免의 시이기도 하다. 오디세우스는 잘못을 범했고, 고삐 풀린 듯 날뛰었던 사람들을 대신해 그 대가를 지불할 것이다. 여행은 속죄라고 호메로스는 말한다. 신들은 잘못을 저지른 사람의 길에 개입해 시련을 부과한다. 하지만 몇몇 신들은 그가 그 시련들을 뛰어넘도록 도울 것이다. 여기에 고대 신들의 모호성이 숨어 있다. 그들은 판관이면서 당사자다. 그들은 함정을 마련해두고, 그것을 뛰어넘을 도움의 손길도 제공한다.

《일리아스》는 인간들에게 내린 저주를 주제로 한 노래였다. 영혼의 암캐들이 전장에 풀렸다. 반면《오디세이아》는 집단적 광기에서 벗어나 인간으로서 타고난

---

26 1808~1855, 19세기 프랑스의 시인·소설가.

호메로스와 함께하는 여름

조건―자유롭고 존엄한―과 다시 관계를 맺으려고 애쓰는 인간의 시간을 다루고 있다.

《오디세이아》의 마지막 축은 영혼의 항구성이다. 여기서 주된 위험은 자기 목표를 잊고, 자신을 버리고, 자기 삶의 의미를 더이상 좇지 않는 것이다.

자기 자신을 부인하는 것, 이것이 최고의 능욕이다.

신들의 조언

해상 모험 이야기의 아홉 번째 노래는 평화로운 섬에 사는 파이아케스인들이 모인 자리에서 시작된다. 그들은 그곳 해안에 표류한 오디세우스를 받아들였다. 약탈당한 왕국의 재탈환은 나중에 보게 될 것이다.

그 전에, 긴 서론에서 인간의 운명과 텔레마코스의 모험에 관해 결정을 내리는 신들의 대화가 이어진다.

참으로 기이한 구성이다! 이방의 언어로 말하자면 **플래시백**이 그득하다고 할 수 있다. 이야기 속 이야기와 반전이 얼마나 많은지! 오디세우스는 파이아케스인들의 연회에서 한 음영시인이 그에 대해 이야기하는 걸 듣고 나서야 자신이 겪은 파란만장한 모험을 말하기 시작한다. 그때까지는 익명을 지켰다. 그런데 갑자기 음영시인이 그에게 생명을 부여하고 그를 익명에서 끌어냈다. 말이 육신을 취한다. 호메로스는 **문학**이 —

심지어 존재하기도 전에—생명에 육신을 부여한다는 것을 우리에게 확인해준다.

시는 이미지 하나로 시작된다.

화려한 여신 칼립소가 오디세우스를 붙잡아둔다. 다른 전사들은 트로이의 평원에서 고향으로 돌아갔다. 오디세우스도 돌아갈 수 있을까? 신들—포세이돈만 예외다—은 이 영웅을 풀어주자는 데 의견을 같이한다. 포세이돈은 오디세우스가 자신의 아들 키클로페스의 눈을 멀게 한 일을 용서하지 않는다. 하지만 제우스는 "포세이돈이 결국 누그러질" 것이라 믿는다.

이 노래의 철학적 주제는 시의 짜임새 속에 엮여 있다. 일부 자유는 여전히 인간에게 남을 것이다. 인간이 자기 잘못을 만회할 수는 있지만, 그건 잘못을 저지른 뒤의 일이다. 신들은 인간들에게 적어도 항상 반대하지는 않는다. 인간은 불멸의 신들이 그려둔 운명 속에서 약간의 자유를 간직한다.

아테나는 제우스의 허락을 받고 이타케로 날아가 텔레마코스에게 그의 아버지가 살아 있다는 사실을 알린다. 여신은 그 젊은 후계자에게 아버지를 찾아나서라고

명령한다. 우선 왕좌를 노리는 구혼자들을 진정시켜야
한다. 시간을 벌어야 한다. 그런 다음 배에 타야, 다시
말해 행동해야 한다. 인간은 이미 짜인 운명의 수면 위
를 자유롭게 움직이는 한 척의 배다… 깊고 푸른 바다
의 한계 내에서 키의 방향을 결정하는 항해사처럼.

텔레마코스는 떠날 채비를 한다. 아버지를 찾아나
선다. 구혼자들은 그가 떠나는 것에 반대한다. 그들은
이야기가 이어지는 내내 추잡한 짓을 거듭한다. 그들
은 왕의 자리를 찬탈하고 여왕을 탐내며 아들을 비난
한다. 여기서는 구혼자라는 말을 아첨꾼으로 이해해야
한다.

그들은 위선자요, 역사에 숱한 아바타들을 등장시킬
궁정의 모략가들이며, 분 바른 후작들이다. 페넬로페
의 발밑에서 천박하고 무례하게 우글거렸듯이, 그들은
언제나 똑같은 방식으로 권력의 문턱으로 몰려들 것이
다. 그들은 이타케의 권좌 밑에서 길 것이다. 그들이 환
생해서 오늘날 공화국의 망령들을 두고 다툰다.

아들의 이름으로

교활한 자들의 주동자 격인 안티노오스는 텔레마코스에게 다음과 같이 말함으로써 영혼의 범속함에서 이름을 빛낸다.

그대 어머니가 신들이 마음에 심어준

행동을 포기하지 않는다면

우리는 그대의 부와 재물을 탕진할 거요.

《오디세이아》, 2편, 123~125

우리는 페넬로페의 베 짜는 계략을 기억하고 있다. 호메로스는 그녀의 여러 미덕도 환기한다. 여성의 지성과 굳건한 영혼은 자칼들과 거리를 두게 해준다.《오디세이아》는 지성의 시다. 누가 승리할까? 아테나가 돕는 오디세우스와 페넬로페이다. 지략이 빼어난 세 인물! 고대의 승리를 구성하는 세 요소는 계략, 끈기, 주권이다.

아버지가 귀환을 갈망하는 동안, 텔레마코스는 아버지를 향해 달려간다. 신들은 이 찢긴 커튼의 수선에 가담한다. 페넬로페가 짜는 베는 원상복귀의 길로 접어든 골조의 상징이 된다.

오디세우스와 텔레마코스에게는 부모 자식으로서, 제후로서 질서의 끈을 잇는 일이다.

두 사람은 여행 끝에 만나게 된다. 이 세상에서 무질서는 가치 있는 그 무엇도 건축하지 못했다. 현대의 슘페터[27] 같은 철학자라야 자신은 안락한 환경에 눌러앉은 채 파괴가 창조적 가치를 지닐 수 있다고 믿고 그런 폭발이 일어나길 바랄 것이다! 카오스에서는 아무것도 탄생할 수 없다.

텔레마코스와 함께 항해에 나서자! 오랫동안 우리는 "포도주 빛 바다 위에서"(《오디세이아》 1편, 184) 물보라를 맞으며 배의 갑판에 남아 있을 것이다. 아버지를 찾아 떠나는 아들은 슬프다. 그는 자기 자신을 찾고 있

---

27 '창조적 파괴'라는 용어를 경제학에 퍼뜨린 경제학자 조지프 슘페터Joseph Schumpeter(1883~1951)를 가리킨다.

호메로스와 함께하는 여름

다. 《오디세이아》는 잃어버린 사람들을 위한 진혼곡이다. 텔레마코스는 필로스에서 트로이 전쟁에 참전했던 옛 전사 네스토르를 만나 그로부터 그 도시의 전투 이야기를 듣는다.

우리 가운데 가장 훌륭한 이들이 모두 그곳에서 죽었네.

《오디세이아》, 3편, 108

그러나 우리가 프리아모스의 도시를 함락했을 때

제우스께서는 그리스 병사들에게 불길한 귀향을 마련해두었

으니, 그들이 사려 깊지 못했고 정의롭지도 못했던 탓이지.

그리하여 그들 가운데 많은 이들이 전능하신 신의 따님인

여신의 잔혹한 노여움으로 비참한 최후를 맞았네.

《오디세이아》, 3편, 130~135

네스토르 노인은 이렇게 무절제가 균형을 깨뜨렸으며 인간들이 스스로 벌인 난동의 대가를 치르고 있음을 털어놓는다. 그렇지만 모두 집으로 돌아가긴 했다. 모두? 오디세우스만 빼고.

텔레마코스는 배회한다. 망령처럼 떠도는 그의 탐색은 어른이 되기 위해 아버지를 찾아야만 하는 어린아이의 필사적인 호소다. 아테나는 앞선 노래에서 그에게 이렇게 말했다.

> 그대는 스무 명의 선원이 탈 수 있는 가장 훌륭한 배를 한 척 준비해, 아직 돌아오지 않은 아버지의 소식을 수소문하라.
>
> 《오디세이아》, 1편, 280~281

> 알다시피, 이제 더는 어린아이처럼 행동하지 말아야지.
> 이제 그럴 나이는 지났지 않나.
>
> 《오디세이아》, 1편, 296~297

프로이트의 오이디푸스에 호메로스의 텔레마코스를 맞세우고, 결별이 아니라 재회에 토대를 둔 새로운 증후군을 만들어낼 수도 있을 것이다. 텔레마코스는 아버지를 죽이고 싶어 하지 않고 어머니를 탐하지도 않는다. 그는 자신을 낳아준 아버지를 되찾아 왕좌에 다시 앉히기 위해, 부모를 결합시키기 위해 싸운다. 반면

프로이트의 오이디푸스는 개별성을 주장하기 위해 자신의 기원을 모독한다. 나에게는 텔레마코스라는 인물상이 훨씬 왕자다워 보인다는 걸 털어놓아도 될까? 이 인물상이 우리의 감춰진 정신 구조에 부합하지 않을 이유가 있을까?

텔레마코스는 라코니아에 이르러 메넬라오스와 헬레네를 만난다. 아직은 전쟁이 계속되고 있고, 《오디세이아》는 제대로 시작되지 않았다. 메넬라오스는 오디세우스의 아들에게 그의 아버지가 보여준 활약과 트로이의 목마, 아이기스토스에 의해 함정에 빠진 아가멤논의 죽음에 관해 이야기해준다. 오디세우스는 이미 유명해진 영웅이다. 그는 여러 이야기의 소재가 되고 있지만, 다섯 번째 노래에 이르러야 육신을 가진 그를 만날 수 있다. 오디세우스는 지체하고 있다! 우리를 기다리게 한다. 시 속에서 오디세우스는 아폴리네르[28]의 표현처럼 "가재가 나아가듯", "뒷걸음질로, 뒷걸음질로" 나아간다.

---

28 기욤 아폴리네르Guillaume Apollinaire(1880~1918). 프랑스의 시인·소설가.

출항하다, 손잡다

신들이 다시 모이고, 칼립소에게 오디세우스를 풀어 주라고 명령하기 위해 헤르메스가 급파된다. 칼립소는 굴복하고 제우스의 말에 따른다. 그녀는 사랑에 빠진 여자들의 엇갈린 운명을 한탄한다.

신들이시여, 그대들은 무정하고 인간들보다 더 질투가 심하지요.
어느 여신이 인간을 사랑해 남편으로 삼고
공공연히 함께 지내는 걸 보면 못 견디니 말입니다.

《오디세이아》, 5편, 118~120

오디세우스는 풀려났다. 자신의 정체성을 잊은 한 인간의 삶에 닥칠 수 있는 최악의 위험을 벗어났다. 자기 목표의 망각 말이다.

호메로스와 함께하는 여름

이제 그는 잃어버린 고향을 떠올리고 운다.

그가 쏟는 눈물과 함께
삶의 모든 달콤함이 흘러내렸다.

《오디세이아》, 5편 152~153

그리스인의 일반적인 생각과 호메로스의 개별적 가르침의 토대는 이것이다. 인간의 모든 불행은 제자리를 벗어나는 데서 오며, 삶의 모든 의미는 내쫓긴 것을 제자리로 돌려놓는 데 있다는 것.

"경이로운 요정"과 함께 쾌락에 빠지는 일도 요람에서 쫓겨난 경우라면 아무 가치가 없다.

우리는 카렌 블릭센Karen Blixen이 《아웃 오브 아프리카Out of Africa》에서 이렇게 쓴 걸 기억한다. "나는 있어야 할 곳에 있었다." 클라이밍 챔피언인 스테파니 보데Stéphanie Bodet라면 이렇게 덧붙였을 것이다. "나 자신과 수직으로À la verticles de soi."[29] 그리스인에게 멋진 삶

---

29 스테파니 보데가 쓴 책 제목.

이란 자신의 나라에서 사는 것이다.《오디세이아》는 자기 자신으로의 귀환, 자기 내면, 자기 고향으로의 귀환에 관한 시다.

왜 신들은 포세이돈을 격노하게 만들 위험까지 무릅쓰며 오디세우스를 풀어주기로 했을까? 그건 오디세우스가 인간들 가운데 가장 똑똑하고 가장 꾀바르며 가장 관대해 보였기 때문이다. 구혼자들이 그의 집을 거덜 내고 있는 데다 신들도 혼돈이 지긋지긋했기 때문이다. 트로이의 참화는 역사가 되었다. 이제 온 올림포스가 평화를 갈망한다. 그동안 광기와 흥분이 너무 많았다.

오디세우스는 떠나고, 우리는 이어질 재앙 가운데 첫 표류를 지켜본다.《오디세이아》는 인류 역사상 출간된 최악의 항해서이다.

오디세우스는 인간과 신 사이의 가교 역할을 하는 부족인 파이아케스인들의 섬에 표류한다. 그들은 인간 나룻배들이다! 흉측한 저승의 유람선. 그들은 지복을 누리며 살고, 두 세계의 중간지점을 떠다닌다. 아테나가 표류당한 오디세우스를 궁지에서 벗어나게 하려고 키를 잡는다. 부엉이 눈을 한 여신은 파이아케스인들의 왕인 알키노스의 딸 나우시카와 오디세우스의 익살스러운 만남을 획책한다. 오디세우스는 반나체로 덤불에 몸을 숨기고 있다. 나우시카의 시녀들은 그를 보고 기겁해서 수녀원의 순진한 아가씨들처럼 사방으로 흩어진다. 그러나 오디세우스는 멋진 연설로 나우시카를 매료시킨다. 호메로스는 말이 사람을 홀린다고 환기한다. 볼품없는 사람들은 그 사실을 안다. 갱스부르는 호메로스를 읽었다! 한 차례의 연설이 트로이 전쟁을 뒤집어놓을 수 있었듯이, 한 차례의 연설이 표류당한 오디세우스를 구해준다.

오디세우스는 왕궁으로 인도되고, 왕은 그를 돕겠다고 약속한다. 그에게 배 한 척을 내주고 귀향하도록 도울 것이다. 알키노스는 정체도 모르는 손님을 위해 배와 연회를 동시에 준비시킨다. 고대 세계에서는 지중해의 난민들을 그렇게 맞이했다. 호메로스 시절에 이방인은 특이하고 매우 보기 드물었다.

연회의 음유시인이 아킬레우스와 오디세우스의 다툼에 대해 노래한다. 뭐? 아킬레우스와 오디세우스의 다툼이라고? 이 일화는《일리아스》에는 실려 있지 않지만《오디세이아》의 중요한 구절을 이룬다. 왜냐하면 오디세우스가—음영시인의 노래를 듣고—자신이 역사에 들어섰다는 걸 깨닫기 때문이다. 기억의 여신은 그에게 일정한 몫의 영원을 내주었다. 오디세우스는 칼립소 곁에서 모든 동력을 잃을 뻔했다! 그렇게 그는 아무것도 아닌 존재가 될 뻔했는데 이곳에 와서 자신이 중요한 인물이 되었다는 확신을 갖게 된다.

음유시인은 트로이의 목마 일화를 이야기한다. 그 전술을 주창한 인물인(《일리아스》에는 이것이 전혀 언급되지 않았다) 오디세우스는 눈물을 참지 못하고 자기 정체를 밝힌다. 저 사람이 이 이야기를 들으며 우는 건 자신이 이야기의 주인공이기 때문입니다! 당신이 언제 우는지 말하면 당신이 누구인지 말해주겠소…. 호메로스는 놀라운 열쇠 하나를 제시한다. 우리의 정체성은 눈물 속에 담겨 있다는 것. 우리는 우리 슬픔의 자식들이다. 우리는 칼립소의 집에서 눈물 흘리는 오디세우스를 발견했다. 그리고 오디세우스가 자기 존재를 확인할 때 눈물 흘리는 것을 발견한다. 그가 페넬로페의 품에서 우는 것도 보게 될 것이다. 《오디세이아》에서는 지독히도 훌쩍인다!

호메로스는 삶이 즐거움들의 집합이 아니라 싸움을 강요한다고 짚어 말하는데, 이제 우리는 그 싸움의 일화들을 나열하려 한다.

모든 것이 쟁취되지만 인간이 얻게 되는 건 아무것도 없고, **보편적으로** 인간에게 돌아가는 것도 없다. 정체가 드러난 오디세우스는 파이아케스족의 왕에게 자신을 밝힌다.

> 제가 라에르테스의 아들 오디세우스입니다.
> 지략으로 천지에 알려져 명예가 하늘까지 닿았지요.
> 빛 밝은 이타케가 제 고향입니다.
>
> 《오디세이아》, 9편, 19~21

우리의 영웅은 자기 이름을, 아버지를, 조국을 말한다.

자기 신원을 밝히는 고대의 방식은 자신이 누구이며, 어디서 왔고, 어디로 가는지를 말하는 것이다.

여기서 그러모아진 정체성은 기원, 혈통, 명예(지략으

로 "천지에 알려져")라는 세 요소를 공고히 다진다. 시간, 공간, 그리고 행동이 유기적으로 연결된다.

알키노스 왕의 요청을 받고 오디세우스는 트로이 전쟁의 모험담부터 칼립소의 동굴에 이르기까지의 이야기를 들려준다. 《오디세이아》의 이 순간에 호메로스는 문학을, 이미 일어났고 기억 속에 살아남게 될 무언가를 이야기하는 예술을 창조해낸다.

이렇게 시작된 이야기는 열세 번째 노래까지 계속된다. 마법의 초롱이 그 장면들을 비출 테고, 그 장면들에서 상상은 가르침과 경쟁할 것이다.

오디세우스는 전쟁에서 돌아온다. 이것이 이야기의 시작이다.

트로이를 떠나자 바람이 나를 키코네스인들의 나라로 실어다주었소.
이스마로스에서 나는 도시를 약탈했고, 그곳을 지키려는 자들을 죽였다오.

《오디세이아》, 9편, 39~40

뱃사람들의 운명인 바람이 이타케의 영웅을 낯선 사람들 곁으로 실어간다. 오디세우스는 전사로서 반사행동을 잃지 않았다. 트로이의 파괴적 힘이 여전히 그의 안에서 꿈틀댄다. 그는 스스로 말하듯 약탈하고 말살한다. 히브리스는 고갈되지 않았는가? 그것은 다시 올 것이다.《오디세이아》가 변신의 마법을 품고 있기 때문이다.

신비의 왕국

오디세우스는 로토파고이족의 섬에 표류한다. 이것이 비현실적인 세계로의 첫 난입이고, 상상의 지도 속으로 들어서는 첫 단계이다. 이타케로 돌아가기 한참 전에 우리는 이 지도에서 빠져나올 것이다. 오디세우스는 시공간의 주름 속에 들어선 〈스타트렉〉 우주선처럼 경이의 틈새로 미끄러져 들어간다.

로토파고이족은 선원들에게 "꿀처럼 달콤한" 로토스lotus라는 식물을 준다. 선원들은 정복된다. 이 맛난 열매는 독을 감추고 있다. 사람의 힘을 없애고, 의지를 마비시키고, 의식을 파괴하는 것이다. 인간을 기분 좋지만 무기력한 상태에 빠져 지내게 길들인다. 강박적인 주의사항이 다시 등장한다. 망각에 굴복하지 말 것. 몇몇 학식 높은 사람들은 로토스가 정확히 어떤 식물인지 알고 싶어 했다. 이 학자들은 잘못 짚었다. 왜

호메로스와 함께하는 여름

냐하면 로토스는 우리를 핵심에서 멀어지게 하는 기회들을 은유하기 때문이다. 여하튼 우리가 약속을 잊고, 생각도 산만해지고, 점점 뚱뚱해지는 몸에도 무심한 채 디지털 스크린과 자판 앞에서 보내는 한없는 시간은 오디세우스의 선원들이 유독한 섬에서 보낸 얼빠진 시간과 닮았다. 디지털 사회의 촉수들이 우리 내면을 파고든다. 그 촉수들이 체험된 삶의 깊이에서 우리를 끌어낸다. 빌 게이츠Bill Gates와 마크 저커버그Mark Zuckerberg는 새로운 로토스 딜러들이다.

키코네스족의 섬에서 선원들은 무절제로 죄를 범했고, 로토파고이족의 섬에서는 불모의 쾌락에 빠져 기력을 탕진할 위험을 겪는다.

> 꿀처럼 달콤한 로토스를 먹은 내 부하들은
> 소식을 전하러 귀향하길 원치 않았소.
> 귀향은 잊고 그곳에서 로토스나 실컷 먹으며
> 로토파고이족과 머물기를 꿈꾸었다오.
>
> 《오디세이아》, 9편, 94~97

트로이에서는 히브리스가, 여기서는 망각이 문제다. 이 둘 사이에서 도전은 인간이 되는 것, 다시 말해 카뮈가 표현했듯이 **자제해서** 자기 자신을 잘 되찾는 것이다. 그것이 오디세우스의 길이 될 것이다.

항해는 다시 이어져 키클로페스들의 섬에 이른다. 키클로페스들은 "정의를 모르는 거인"으로, 괴물 종족에 속한다. 그들은 "빵을 먹는 자"들에 속하지 않는다. 다시 말해 땅을 일구지 않는다. 풍성한 왕국의 열매들을 주워 먹기 위해 그들은 그저 몸만 숙이면 된다.

> 씨를 뿌리거나 경작하지 않건만 그들의 땅에서는 모든 것이 돋아났다.
>
> 《오디세이아》, 9편, 109

이것이 호메로스가 그리는 그리스의 법칙이다. 섬에 다다르면 먼저 경작의 흔적을 찾아라. 그것이 문명이 있고 없음을 알려주어 인간과 야만인을 구분해준다. 신석기 시대의 혁명인 농업은 호메로스의 시대에는 겨우 몇 천 년밖에 되지 않은 신흥 발명이었다…. 헤시오

호메로스와 함께하는 여름

도스는《노동과 나날》에서 이렇게 폭로한다. "신들이 인간들에게 식량을 감춰두었다." 숨겨진 것을 찾아내는 건 농사를 짓는 인간의 몫이다. 하이데거는 시인을 농부에 비유한다. 둘 다 발현을 기다리는 무형 속에 떠도는 무언가를 생산해내는 존재들인 것이다.

한 키클로페스가 러시아 식탁에 차려진 전채요리라도 먹듯 오디세우스의 선원들을 잡아먹기 시작한다. 그런 다음 나머지 선원들을 동굴에 가둔다. 조그만 쿠키들이 거기서 잡아먹히길 기다리도록….

오디세우스는 자신의 이름이 "아무도 아니"라고 말해 키클로페스를 우롱하고, 하나뿐인 그의 눈을 멀게 하고, 선원들을 키클로페스가 기르는 숫양의 배 밑에 숨겨서—수 족의 술수를 써서—동굴에서 빠져나온다. 도와달라고 동료들을 부르는 괴물은 범인이 "아무도 아니"라고 외친다. 이 계략은 천재적이다. 호메로스는 역사상 최초로 언어유희를 만들어낸 것이다. 오디세우스가 그리스도보다 1점 높다. 그리스도는 모든 미덕을 펼쳐 보였지만 유머는 없었으니까. 오디세우스는 남은 동료들을 구하고 다시 바닷길에 오르지만 한 가지 실

수를 범한다. 자제하지 못하고 눈먼 희생자를 다음과
같이 조롱한 것이다.

> 키클로페스, 필멸의 인간들 가운데 누가
>
> 그대의 치욕스러운 실명에 대해 묻거든,
>
> 그대의 눈을 멀게 한 것은 이타케의 고결한 시민,
>
> 라에르테스의 아들, 도시들의 파괴자 오디세우스라고 말하게!
>
> 《오디세이아》, 9편, 502~505

이것이 호메로스가 고발하는 허영심이다. 히브리스
에 비하면 분명 사소한 악덕이지만, 이것 또한 만물의
이치를 거스른다.

오디세우스는 허세를 부림으로써 죄를 범했고, 키
클로페스의 아버지 포세이돈의 분노를 촉발했다. 이후
그는 격노한 신에게 쫓기게 된다. 연이은 재앙들(몇 세
기 후에는 이 고난을 십자가의 길이라고 부를 것이다)이 오디세
우스의 운명을 뒤덮는다. 《오디세이아》는 도덕률이 된
다. 그러나 인간은 언제나 미덕을 발휘함으로써 혹은
지성을 펼침으로써 자기 죄를 만회할 수 있다.

호메로스와 함께하는 여름

이후 우리는 비극에서 재앙으로 나아간다. 포세이돈은 함정을 늘려간다. 그들은 아이올로스 섬에 다다른다. 아이올로스 신은 오디세우스에게 가죽 부대를 주며 열지 말라고 당부한다. 그러나 오디세우스가 잠들자마자 선원들이 서둘러 부대를 열고, 부대 안에 갇혀 있던 바람들이 빠져나오며 폭풍으로 바다가 일렁인다. 치유 불능의 동물인 인간은 신들이 넘지 말라고 한 경계를 기어코 넘어선다.

취한 배

그후 오디세우스 일행은 라이스트리고네스 거인족의 도시에 정박했다가 선원 몇 명이 거인들의 손에 죽고, 다시 마녀 키르케의 섬으로 간다. 키르케는 기묘한 연인, 팜 파탈femme fatale이다. 그녀는 자기 연인들을 짐승으로 둔갑시킨다. 오디세우스의 동료들도 돼지로 변한다. 키르케의 집에서 신들은 인간들을 망각보다 더 고약한 위험에 직면하게 한다. 신체적 정체성을 잃을 위험 말이다. 오디세우스는 헤르메스의 해독제, 즉 "자기 자신으로 남게" 해주는 묘약 덕분에 그 위험을 모면한다. 신들은 언제나 "고통을 감내하는 영웅"을 도울 준비가 되어 있다. 그들은 심지어 자신들이 영웅에게 겪게 한 위기들에 대한 해독제도 제공한다.

오디세우스는 키르케에게 영향력을 발휘해 자기 선원들을 인간의 모습으로 돌려놓게 한다. 하지만 그 마

호메로스와 함께하는 여름

녀와 함께 1년을 지낸다. 상황이 아무리 급박해도 그레타 가르보가 일광욕하는 섬을 그냥 지나쳐버린다면 얼마나 안타까운 일인가.

동료들이 오디세우스에게 항해를 계속하자고 설득하는데, 키르케는 그가 맞닥뜨릴 시련들을 알려준다. 우선 죽은 자들을 찾아 하데스에게 가야 하는데, 이것은 오디세우스의 첫 지옥 방문이 될 것이다. 그림자 왕국으로의 하강은 무시무시하다. 그것은 먼저 죽은 어머니와의 만남으로 시작되는데, 그는 어머니를 안으려 하지만 안을 수가 없다. 죽은 자들을 만질 수가 없어서 두 팔로 허공을 안을 뿐이다. 보들레르는 이렇게 애도했다. "죽은 자들, 가련한 죽은 자들은 크나큰 고통을 안고 있다." 죽은 자들은 우리의 위로조차 받지 못한다.

또 다른 유령이 오디세우스 앞으로 나아온다. 앞날의 함정들을 예언해주는 예언자 테이레시아스다. 그에 따르면 오디세우스는 이타케로 돌아간 후에도 여행을 계속해야 하고, 운명의 커튼을 완전히 수선하려면 포세이돈에게 마지막 제물을 바쳐야 한다.

이 시구에서 《오디세이아》의 성스러운 차원이 확인

된다. 오디세우스는 자기 잘못을 속죄하는 걸까, 아니면 자기 동료들이 저지른 중죄를 책임지는 걸까? 그도 아니면, 금욕주의자가 그리스 사상의 영향을 받아 호메로스 이후 몇 세기가 흐른 뒤 인간의 죄를 짊어진다고 믿고 고행하듯이 인간 죄악의 무게를 지고 있는 걸까?

다음으로 옛 망령들이 열을 지어 지나간다. 공주들, 티탄족들, 죽은 전사들. 아가멤논도 보인다! 아킬레우스도 나타나 끔찍한 고백을 한다. 눈부신 전사였던 그가 사후의 영광보다는 인생의 달콤함을 택했더라면 좋았을 거라고 말한다.

우리 가운데 많은 이들이 매일 아침 거울 앞에서 되풀이하는 이 질문을 해결해야 한다. 우리 삶의 의미는 무엇일까? 명성을 얻는 것? 아니면 달콤함을 누리는 것? 후대까지 이름을 남기는 것? 아니면 좋은 시간을 보내는 것? 행복한 무명으로 남는 것? 아니면 지옥으로 간 아킬레우스가 되는 것?

그러나 지금은 이런 의문들에 답할 때가 아니다! 우리는 지옥에, '어둠' 속에 있다. 증기는 독성을 띠고 있고, 불안한 환영들이 나타난다. 공포스럽다. 그래서 오디세우스는 자기 배에 탄 채 뒤를 돌아보고, 키르케가 있는 곳으로 돌아간다. 배에 타기 전에 키르케는 새로운 조언들을 들려준다. 세이렌을 조심하라! 카리브디스와 스킬라의 방해에 주의하라! 언제나 똑같은 말이다. 정신 차려라, 회절하지 마라, 자기 자신을 잊지 마라! 섬들은 도처에 흩어져 있으니, 단결만이 구원을 보장한다.

생명선을 따르다

먼저 세이렌이다. 세이렌들은 인간을 그의 신념, 목적지, 생명선에서 떼어놓으려 한다.

그들의 잔학함은 폭력성에 있지 않다. 그보다 더 지독하다! 그들은 모든 인간을 감시하므로 각 사람이 어떻게 살아왔는지 잘 안다. '빅 브라더'라는 말이 생기기도 전에 그들은 마치 빅 브라더의 화신처럼 맴돌면서 우리를 감시했다. 그들은 우리가 동의하고 기꺼이 빠져 허덕이는 악몽의 전조 같다. 우리 삶의 빅 데이터, 전 세계 클라우드에 보관된, 디지털 기기들 속의 데이터 말이다.

> 우리는 풍요로운 대지 위에서 일어나는 일은 무엇이든 다 알고 있으니까요….
>
> 《오디세이아》, 12편, 191

호메로스와 함께하는 여름

세이렌들은 이렇게 중얼거린다. 호메로스는 21세기에 일어날 일에 대한 예지를 품고 있었다. GAFA[30]의 총체적 감시 말이다. 《오디세이아》에서 세이렌은 잘못된 전통이 널리 퍼뜨린 것처럼 수생 피조물이 아니라 새다. 세이렌들은 하늘에서 공격한다. 하늘에서 인공위성들이 우리를 감시하듯이. 투명성은 독이다.

오디세우스는 배 돛대에 자신의 몸을 묶어 마법에 버틴다. 그후에는 입 벌린 소용돌이 같은 바다 괴물 카리브디스와 선원을 여섯 명씩 잡아먹는 바위 괴물 스킬라가 등장한다. 호메로스는 폭풍을 묘사하는 무시무시한 표현을 고안해냈다. 모든 그리스인처럼 그는 바다가 절대적 위험의 장소라는 걸 알았다. 바람의 일흔세 개 매듭에 배가 산산조각 날 절박한 순간을 경험해본 사람이라면 시인이 바다의 광기에 히드라의 특징을 부여하는 것에 결코 놀라지 않을 것이다. 한 선원은 카리브디스와 스킬라의 이야기를 들으며 이렇게 중얼거린다. "난 더 지독한 것도 경험했어."

---

30 구글Google, 애플Apple, 페이스북Facebook, 아마존Amazon의 머리글자를 합친 신조어.

파이아케스 궁에서 이야기하는 마지막 일화에서 호메로스는 인간이 절도 있게 행동하는 것이 얼마나 힘든지 묘사할 마지막 기회를 포착한다.

선원들은 성스러운 지리의 최고봉, 전능한 헬리오스 신의 영지인 태양의 섬에 상륙한다. 그곳에서 우리는 상징적으로 태양의 지배를 받고, 광자로 인해 풍요로워지는 우리 지구의 은유를 간파할 수 있을 것이다. 키르케는 천체의 풍요는 건드리지 말아야 한다고 예고했다. 오디세우스는 그 조언을 선원들에게 전했다. 이는 인간이 지구의 보물들을 포획하지 않고 자원을 약탈하지 말아야 지구가 그 혜택을 내줄 수 있음을 알리는 고대의 방식이 아닐까?

이런 조언을 듣고도 선원들은 명령을 어기고 태양신의 소떼를 잡아 흥청망청 식사를 한다. 인간들은 얼마나 성가신 존재인가! 다시 한번 확인하건대, 인간들은 구제불능이다. 테이레시아스가 헬리오스로부터 무사히 벗어날 방법이 있다고 오디세우스에게 말해주었건만.

호메로스와 함께하는 여름

그대가 오직 귀향만 생각하고 그것들을 건드리지 않는다면.

《오디세이아》, 11편, 110

언제나 똑같은 명령, 그리스식 강박관념을 읽을 수 있다. 일탈하지 말 것, 바르게 처신할 것, 뱃머리를 잘 유지할 것. 아이올로스의 가죽 부대 일화에서 태양신의 소떼 일화까지, 오디세우스의 부하들은 그가 잠든 동안 그의 계획과 상반되는 어리석은 행동을 한다. 잠은 망각을 상징한다.

"주목하라", 그리스 정교 신도들은 예배 동안 이렇게 말한다.

우리 영혼에 숨 돌릴 겨를을 주지 말라고 몽테뉴는 권고했다.

늘 경계를 유지하라고 마르쿠스 아우렐리우스Marcus Aurelius[31]는 조언했다.

인간들이 수 세기에 걸쳐 부르짖어온 이 조언들은 호메로스의 생각을 반영하고 있다.

---

31 121~180, 로마제국의 제16대 황제(161~180 재위). 5현제賢帝 중 마지막 황제이며 후기 스토아 철학자로 《명상록》을 남겼다.

그리하여 헬리오스는 선원들을 벌하려고 폭풍 속으로 몰아넣는다.

이것이 바로 오디세우스 혼자 살아 나온 마지막 재앙이다. 열흘 뒤 그는 칼립소의 섬에 도착한다. 이렇게 우리는 《오디세이아》 도입부의 그를 다시 만남으로써 첫 번째 노래에서 시작된 이야기의 끈을 되찾는다. 이제 원이 그려졌으니 이타케로의 귀환을 시작할 수 있다.

《오디세이아》의 초반부 노래들에서 우리는 무엇을 명심할 수 있을까?

삶은 우리에게 의무들을 부과한다.

무엇보다 세상의 척도를 어기지 않는 것이 중요하다.

이미 죄를 범해 속죄해야 한다면 걸어야 할 길을 우회하지 말고 정해진 목표를 부인하지도 말아야 한다.

마지막으로, 우리가 어떤 사람이며 어디서 왔으며 어디로 가는지 잊지 말아야 한다.

오디세우스의 지향점은 단순하다. 고향으로 돌아가 왕위찬탈자들을 내쫓는 것. 이 목표에서 한눈만 팔지 않는다면 승리할 것이다.

도 넘게 오만한 전사, 사랑의 난봉꾼, 정신을 마비시

키는 연꽃을 먹는 자, 혹은 지옥을 떠도는 죽은 자 사이의 공통점은 모두 고대의 법칙 가운데 하나를 위반하고 자기 축에서 벗어났다는 것이다.

열세 번째 노래부터 이타케 재탈환 이야기가 시작되어 《오디세이아》 2부를 구성한다.

신의 왕국과 인간의 체류지 사이에서 충실하게 대사 역할을 하는 파이아케스족은 오디세우스를 이타케 해안으로 다시 인도한다. 그들은 그에게 물자 지원을 약속하고, 잠든 그를 해안에 내려놓는다.

포세이돈은 그의 아들을 죽인 오디세우스를 공격하지 않고 파이아케스족의 배를 바위로 만들어버림으로써 약속한 복수를 이행한다. 놀라운 바그너풍의 이미지다! 돌로 된 기념물처럼 수면에 붙어버린 배를 상상해보라!

이오니아 해에 있는 이타케 섬에는 현재 작은 돌섬 하나가 천연의 만灣과 통하는 물길을 막고 있다. 그 섬을 보면 《오디세이아》에서 얘기하는 파이아케스족의 배를 어렵지 않게 떠올릴 수 있다. 돌로 된 배는 포세이돈이 인간의 세계와 마법의 배경 사이에 난 통로로 굴리는 바위다. 이제 오디세우스는 시멘트 바닥 길을 걸어 자기 왕국을 탈환한 뒤, 다시 한번 죽은 자들을 보러 갈 것이다. 더는 괴물들과 마녀들 근처를 얼씬거리지 않을 것이다. 마법이여, 안녕! 이성의 시간으로 들어설 때가 되었다. 오디세우스여, 그대가 그리워한 세계에 들어선 것을 환영한다!

그는 반쯤 의식이 몽롱한 상태로 해안에서 깨어난다. 자신이 어디에 있으며 무엇을 찾고 있는지 알지 못하게 만드는 그리스의 저주가 다시 그를 후려친다. 우리의 영웅은 자기 고향 섬을 알아보지 못한다. "왜냐하면 제우스의 딸 아테나가 그의 주위를 안개로 뒤덮었기 때문이다."(《오디세이아》, 13편, 189~191)

이제 영웅의 귀환에 대한 이야기가 시작된다. 폭력을 통해 달콤한 삶을 재탈환하고, 질서를 복원하고, 정복자들을 척결하는 이야기.

오디세우스의 귀환은 위대한 모험 이야기에 보내는 작별인사처럼 울려 퍼질 것이다.

호메로스와 함께하는 여름

왕의 귀환

아, 슬프도다! 나는 또다시 어떤 땅에 좌초한 것일까?

《오디세이아》, 13편, 200

오디세우스는 이렇게 한탄한다. 인간에게 주어지는 것 가운데 그 무엇도 그에게는 쉽게 주어지지 않을 것이다. 호메로스는 다시 강조한다. 인생의 모든 것은 힘들게 얻어진다. 다른 성스러운 글들은 '이마에 땀을 흘려야' 얻어진다고 말할 것이다. 아라공[32]은 한술 더 떠서 이렇게 말한다. "인간은 결코 획득하지 못한다. 제 힘도, 제 결점도, 제 마음도." 이제 아테나는 자신이 좋아하는 영웅을 위해 힘겨운 귀환을 준비하고 있다.

여신은 목동의 모습으로, 나중에는 눈부신 여자의

---

32 루이 아라공Louis Aragon(1897~1982). 프랑스의 시인·소설가. 다다이즘과 초현실주의 운동에 가담했다.

모습으로 오디세우스에게 나타나 안개를 걷어 이타케를 보여준다. 그녀는 계획을 세워두었다. 오디세우스가 왕궁을 탈환하는 것을 도울 계획이다.

우리가 일을 시작하게 되면 나는 물론 그대 곁에 있을 터,

그대의 살림을 거덜 내는 구혼자들 가운데 많은 이가

피와 골骨로 끝없는 대지를 더럽히게 될 것이다!

《오디세이아》, 13편, 393~396

오디세우스가 돌아왔으니 피가 흐를 것이다. 그러나 작전은 조심스레 진행될 것이다. 자만에 대한 대가로 죽음을 맞이한 아가멤논처럼 팡파르를 울릴 필요는 없다. 오디세우스는 거만한 승리자보다는 가면을 쓴 복수자가 될 것이다. 개개인의 운명과 공공의 덕성에 히브리스가 가한 유린을 잊지 말자.

아테나의 계획은 특공대 작전을 닮았다. 은밀히 나아가서 장소를 확인하고, 교활한 적들을 식별하고, 정세를 살피고, 공격한다. 오늘날의 시위진압 전문가들이라면 이렇게 말할 것이다. "목표를 정하고 찾아내어 끝

장낸다". 그리고 아테나는 정세를 파악하기 위해 오디세우스를 걸인으로 변장시킨다. "그가 모든 구혼자들의 눈에 추해 보이도록."《오디세이아》, 13편, 402).

작전 개시. 오디세우스는 예전에 돼지치기로서 그의 돼지 떼를 지켰고 그를 향한 애정을 그대로 간직하고 있는 충직한 에우마이오스의 집으로 간다. 그는 주인을 알아보지 못하지만 정중히 맞아준다. 같은 인간을 맞이하는 인간이 보여야 할 태도로. 에우마이오스는 주인을 배반하지 않고 잊지도 않았다. 왜 호메로스는 그에게 '신성한'이라는 형용사를 붙였을까? 그가 충실했고, 같은 인간에게 바르게 처신했기 때문이다. 그는 오디세우스가 만난 첫 인간이며, 우리의 영웅과 인간세계의 재회를 열어주는 즉각적이고 순수한 존재다. 현실의 빛 속에 존재하는 것, 진실 가운데 드러나는 것, 고대 시인에게는 이것이 신성함이다.

오디세우스는 초라한 오두막에 머문다. '왕의 귀환'을 위한 싸움은 그곳, 가장 낮은 곳에서 시작된다. 돼지들의 오두막에서 궁정까지 이어지는 길은 유혈이 낭자할 것이다.《오디세이아》는 재탈환과 복원에 대한 우화다. 호메로스는 그 오두막에서 이루어진 왕과 종복의 가장 아름다운 동맹을 그린다. 지금 오디세우스 왕에게는 지지자가 돼지치기 한 사람뿐이다. 그것이 그의 군대의 시작이다.

그러나 우리는 삶에서 왕이라는 것이 행정적 지위로 축소되지 않음을 잘 안다. 가난한 이들 가운데서도 왕처럼 처신하는 사람이 있다. 영혼이 순박하면서도 강인한 사람들, 조지 오웰George Orwell은 **평범한** 사람들이 그런 사람들이라고 말할 것이다. 호메로스는 모든 것을 경제적 지위의 문제로 환원하려는 슬픈 마르크스 사회주의적 해석의 틀을 통해 인간을 바라보지 않는다. 부유층과 빈민층, 착취자와 피착취자를 가르는 선을 세상을 이해하는 도구로 받아들이면 오디세우스와 돼지치기를 잇는 내적 선들을 비껴가게 된다. 두 사람은 사회적 층위의 양 끝에 자리하지만 모두 동일하게 기품 있는 족속이다. 이 둘 사이에 구혼자들이 있다.

오디세우스와 돼지치기는 멋진 밤을 보낸다. 그들은 서로에게 이야기를 들려준다. 2,500년 동안 인간은 계속 이야기들을 지어낼 것이다. 요즘엔 그게 소설이다. 오디세우스는 이 뽑는 사람처럼 거짓말을 지어낸다. 영웅담들을 그려내고, 정체성을 숨기고, 허풍선이처럼 군다.

얼마 후, 아테나의 통지를 받은 텔레마코스가 스파르타에서 돌아와 에우마이오스의 집으로 간다. 아테나는 자신의 졸*들을 조종하며 계획을 밀어붙인다.

아들은 걸인 행색을 한 아버지를 알아보지 못한다. 하긴 그는 아테나도 보지 못했다.

신들이 모두에게 모습을 드러내지는 않으니.

《오디세이아》, 16편, 161

호메로스는 이렇게 환기한다. 대단한 시다! 어떤 사람들은 경이로움을 알아보고 또 어떤 사람들은 알아보지 못한다. 호메로스는 우리가 운명 앞에서 평등하지 않음을 알려준다. 신들로부터 총애받는 사람들이 있고, 그렇지 못한 사람들이 있다. 어떤 이들은 경이의 틈새로 영롱한 광채를 알아본다. 또 다른 이들은 예지를 갖지 못한다. 어떤 이들은 현실을 간파하고, 다른 이들은 그저 현실을 바라보는 데 그친다.

마침내 텔레마코스가 아버지를 알아본다. 트로이 전사와 아들의 눈에서 눈물이 흐른다. 두 사람은 함께 계획을 세운다. 그들은 "불손하기 짝이 없는 구혼자들에게"《오디세이아》, 16편, 271) 숙명의 펀치를 날릴 것이다. 오디세우스는 아들에게 승리를 단언하고, 텔레마코스는 더는 망설이지 않는다.

> 아버지, 제 마음이 어떠한지는 곧 아시게 될 텐데
> 아마도 경솔함은 더는 제 마음속에 없는 듯합니다.
>
> 《오디세이아》, 16편, 309~310

이 순간 그는 어른이 된다. 지그문트 프로이트 없이도 그는 유년기의 터널에서 빠져나왔다.

아직은 페넬로페가 남편의 귀환을 알아서는 안 된다. 그녀는 아들의 귀환만 알게 된다. 구혼자들은 아연실색한다. 자신들이 파둔 함정이 실패한 것으로 판명났기 때문이다. 그들 머리 위의 하늘이 벌써 시커멓게

호메로스와 함께하는 여름

변하고 있다. 질서라는 이념이 이끄는 사상에는 배신
자들이 대가를 치를 날이 온다고 씌어 있다.

복원의 시간

재탈환의 장면들이 시작된다. 왕궁은 정의의 무대가 되고, 정의는 폭력을 통해 복구될 것이다. 우리는 자기들의 권리를 확신하는 천박하고 음란한 구혼자들을 본다. 호메로스는 "무례하고 성가신 소란"을 자주 묘사한다. 이 후작들의 모임은 우리에게 어딘지 친근하지 않은가? 이것은 야심과 범용의 보편적 이미지다. 구혼자들은 자기들이 권리를 누리고 있다고 자신한다. 소란은 비열함의 메아리다. 2,500년이 흐른 지금도 어떤 공동체의 유해성과 그 공동체가 승리라고 믿는 것을 표출하기 위해 내는 소음의 정도가 비례한다는 건 온 세상 사람이 안다.

오디세우스는 구혼자들에게 잇달아 조롱당하고, 구혼자들의 선동자 격인 안티노오스에게 얻어맞고, 하녀들에게 욕설을 듣고, 구혼자들에게 푸대접당하며, 심지

호메로스와 함께하는 여름

어 다른 걸인에게조차 공격당한다.

복잡하고 예측 불가능한 신화의 세계에서는 계급이 가치를 결정하지 않는다. 왕자와 거지는 똑같은 범용과 똑같은 덕성을 보일 수 있다. 인간은 천성적으로 인간애를 타고난 피조물이 아니며, 하인이라고 반드시 순진함을 전유專有하지 않는다. 마찬가지로 영주라고 해서 반드시 영혼의 품격을 갖춘 것도 아니다. 호메로스의 세계는 본질주의적이지 않다. 그 세계는 현실을 닮아서 횡으로 열려 있다.

페넬로페조차 누더기를 입은 왕을 알아보지 못한다. 20년이 흐른 데다 아테나의 변신 기술이 탁월해서 오디세우스의 정체가 드러나지 않는다. 절개 있는 페넬로페는 그 걸인에게서 남편의 모습을 떠올리며 감동한다. 그녀는 남편이 살아 있다고 믿지만, 모두들 그가 죽었기를 바란다.

늙은 개 아르고스가 주인을 알아보고는 번개라도 맞은 듯 그 자리에서 죽는다. 걸인의 발을 씻기던 하녀는 주인이 사냥하다 다쳤을 때 발에 생긴 흉터를 알아본다. 호메로스는 돼지치기, 개, 하녀 등 주인의 귀환을 위해 대단히 소박한 명예의 울타리를 제시한다. 그들의 사회적 조건은 중요하지 않다. 그들은 승리할 것이다. 왜냐면 질서의 편에 서 있기 때문이다. 호메로스는 계급 없는 군대를 동원해 승리의 서막을 쓰는 소설적 재능이 있다.

사람들은 페넬로페에게 의사를 확실하게 밝히라고 거듭 재촉한다. 천한 자들이 그녀를 압박한다! 그녀는 구혼자들 가운데 남편을 골라야 한다. 베 짜는 술책은 들통났다. 우리는 여성이 짜내는 책략의 세계문화유산이 된 이 이야기를 안다. 오랫동안 그녀는 베를 다 짜고 나면 남편감을 고를 테니 기다리라고 주장해놓고 매일 밤 궁 안에서 낮 동안 짠 베를 소리 없이 풀었다.

아테나는 활쏘기 시합을 열어 거기서 승리한 자와 결혼하겠다고 말하라는 계시를 페넬로페에게 준다.

내 말을 들으시오, 당당한 구혼자들이여!
그대들은 주인이 떠나고 없는 긴긴 세월 동안
이곳에 죽치고 앉아 줄곧 먹고 마셔 왔소.
그대들은 나를 아내로 삼고 싶다는 것 말고는

호메로스와 함께하는 여름

다른 핑계를 대지 못했소.

자, 구혼자들이여! 그대들이 겨룰 시합을 제시하니 용기를 내시오.

내가 오디세우스의 큰 활을 내놓을 것이니.

《오디세이아》, 21편, 68~74

구혼자들이 인내심의 보상으로 여기는 일이 그들의 종말을 고하게 될 것이다. 말살은 활로 실행된다.

독자는 그것을 안다. 독자는 신의 편에 서 있다. 구혼자들은 오디세우스의 활시위를 당겨 하나의 화살로 바닥에 놓인 열두 개의 도끼를 단번에 꿰뚫어야 한다.

텔레마코스가 먼저 활시위를 당기다가 여전히 드러나지 않는 아버지의 신호를 보고 포기한다. 구혼자들은 활시위를 당기지 못한다. 그러기에는 힘이 한참 부족하다. 오디세우스가 에우마이오스에게 자신을 드러내고 최후의 지시를 내린다. 모든 문을 닫아 왕궁을 쥐덫으로 만들고, 무기들을 꺼내오고, 계획을 실행한다.

그런 다음 오디세우스는 구혼자들의 야유를 받으며 활을 쥐고 시위를 당긴 뒤 쏜다. 명중이다.

헤라클레이토스는 이렇게 썼다. "활의 이름은 생명이고, 그것의 업적은 죽음이다." 고대의 인간에게, 그리고 우리 중 몇몇 사람에게 활은 여전히 철학적 상징이다. 그것은 전사 아폴론의 도구다. 시인 오르페우스는 리라를 평화로운 활처럼 사용한다…. 활과 리라. 한쪽이 질서를 복원하는 데 쓰였다면 다른 쪽은 노래를 위해 울릴 수 있다. 헤라클레이토스에게 활은 상반된 것의 공존을 상징한다. 오디세우스에게 활은 목표를 향해 가는 욕망을, 결코 벗어나지 않으려는 욕망을, 팽팽히 긴장한 힘 속에서 20년간 살아온 욕망을 예시한다. 오디세우스는 영원 회귀의 인간이 아니라 절대 귀환의 인간이다.

구혼자들은 아연실색했다. 저 걸인이 시합에서 이기다니.

구혼자들 가운데 누가 생각이나 할 수 있었겠는가.
제아무리 강하기로 단 한 사람이 수많은 사람 앞에
더없이 검고 고약한 죽음의 운명을 가져올 거라고.

《오디세이아》, 22편, 12~14

호메로스와 함께하는 여름

오디세우스는 누더기를 벗고 "활과 화살이 가득 찬 화살통을 든 채 문턱 위로 풀쩍 뛰어올랐다."(《오디세이아》, 22편, 2~3).

격렬한 장면들이 시의 긴 서술을 번개처럼 가로지른다.《오디세이아》는 오디세우스가 꺼내는 화살로 수렴되는 격랑에 감전된 해양 이야기이다. 호메로스는 영화에서 하듯 필름을 빠르게 돌린다. 그는 실행에 옮긴다. 통음난무의 왕궁은 처형대로 변한다. 반역자들의 축제는 끝났다.

오디세우스와 텔레마코스는 머리에 화살을 맞은 주동자 안티노오스부터 시작해 왕위찬탈자들을 한 사람씩 맹렬히 해치운다.

호메로스는《일리아스》에서 살육을 묘사하기 위해 시험한 기법을 다시 이어간다. 독자들이여! 세부묘사 하나도 빠뜨리지 않는다. 아이들은 가까이 오지 못하게 하라! 트로이에서 인간들이 죄책감을 느꼈던 광기가 다시 시작되는 것 같다. 머리들이 굴러떨어진다. 호메로스는 멜란티오스[33]에게 가해진 고문에 대한 묘사까지 우리에게 베푼다. 하녀들은 목이 매달린다.

그들의 머리가 깨어졌을 때 끔찍한 신음소리가 일었고,

바닥을 뒤덮은 피에서 김이 피어올랐다.

《오디세이아》, 22편, 308~309

구혼자 중 한 명인 레이오데스가 오디세우스의 무릎을 잡고 애원한다. 오디세우스는 그의 목을 벤다. 자식에게 오디세우스—이 이름이 좋은 평가를 얻고 있는 것 같아서 하는 말이다—라는 이름을 붙이고 싶어하는 부모들에게 다시 한번 생각해보라고 권해야 한다. 이 영웅에게 연민이란 없으니.

그러나 이것이 정말 히브리스의 귀환일까? 호메로스는 광분을 묘사하는 것이 아니라 '죽음의 정령'을 묘사하는 것이다. 조심하자! 신속한 정의와 사악한 폭력은 같은 것이 아니다. 고대 사상에서 배신은 최악의 악덕 중 하나로 간주된다. 어쨌든 오디세우스는 신들의 축복을 받으며 정당하게 제자리를 찾는 것뿐이다. 아킬레우스나 디오메데스의 광기와는 결코 비교할 일이 아니다.

---

33 오디세우스의 염소치기. 오디세우스가 전쟁에 나간 사이 그의 아내 페넬로페를 괴롭히는 구혼자 무리에 붙어 주인을 배신했다.

호메로스와 함께하는 여름

재회의 달콤함

다시 만난 오디세우스와 페넬로페 사이에 사랑의 밤들이 이어진다. 숱한 세월이 흘렀으나 페넬로페의 아름다움도 오디세우스의 열정도 변하지 않았다.《오디세이아》는 시간에 맞선다. 오디세우스는 페넬로페에게 모든 것을 이야기한다. 이미지들이 펼쳐진다. 괴물들, 마녀들, 폭풍, 지옥 방문, 세이렌의 노래, 태양섬에서 일어난 비극들. 그가 부재했던 세월이 시 몇 구절에 담긴다. 상황은 가벼운 희극 같다. 아내가 기다리는 집으로 수십 년 만에 돌아온 남자가 이런 변명을 늘어놓는 경우를 상상할 수 있겠는가? "여보, 미안해, 키클로페스한테 붙들렸지 뭐야." 페도[34]도 이런 변명은 차마 하지 못했을 것이다.

---

34 조르주 페도Georges Feydeau(1862~1921), 보드빌로 유명한 프랑스 극작가.

페넬로페는 그의 이야기를 듣는다. 오디세우스의 머리 위에 또 하나의 불행이 닥칠 수도 있었을 것이다. 아내가 그의 말을 개뿔도 믿지 않는 불행 말이다! 프리모 레비Primo Levi[35]가 나치 수용소에서 돌아올 때 꾼 악몽 가운데 하나가 바로 그랬다. 아무도 그의 이야기를 믿어주지 않는 것. 이것은 샤베르 대령[36]이 앓는 우울증의 원인이기도 하다. 그가 에일로 전투에서 돌아와보니 모든 것이 뒤죽박죽이고 자신이 떠났을 때와 같은 것이 하나도 없었던 것이다. 그러나 오디세우스가 돌아온 세계는 찬탈되긴 했어도 그가 떠났을 때와 동등한 세계다. 역사는 빠르게 나아가지 않았다. 따라서 복원이 가능해 보인다.

오디세우스는 권력의 주인이 바뀐다는 사실을 받아들이지 않았다. "세상은 변한다! 변화를 받아들여야 한다!"라는 21세기의 상투어에 조금도 사로잡히지 않았다. 고대인들은 한나 아렌트Hannah Arendt가 "시대의

---

35 1919~1987, 이탈리아의 유대계 화학자. 아우슈비츠에서의 생존 경험을 담은 《이게 인간인가?》를 썼다.
36 발자크의 소설 《샤베르 대령》의 주인공.

호메로스와 함께하는 여름

풍조를 따르라는 품위 없는 책무"라고 표현한 이 지루한 벌과를 스스로에게 부과하지 않았다.

오디세우스가 페넬로페와 보내는 밤은 《오디세이아》가 여자들이 조장하고 남자들이 겪는 일련의 모험에 불과하다는 사실을 희극적으로 환기한다. 여자들은 시네마스코프의 배경 뒤에 있었다. 페넬로페가 짜는 베는 우리의 운명을, 짜이고 풀리는 우리 운명의 표면을 상징하지 않을까? 아테나는 오디세우스를 돕고, 칼립소는 그를 붙들고, 페넬로페는 무장폭동을 일으키는 선동자들과 거리를 두었다. 헬레네는 트로이 전쟁의 원인이었고, 마녀들은 함정을 꾸몄으며, 카리브디스와 스킬라 같은, 포세이돈과 가이아 사이에 태어난 괴물들은 뱃사람들을 쓰러뜨렸다. 남자는 자기의 모험을 산다고 믿는다. 그러나 남자를 조종하는 건 여자들이다. 최초의 여자들은 남자들과 동등하길 바라는 잘못된 생각을 품었을 것이다. 사실 남자들보다 우월한데 말이다.

오디세우스는 칼립소(시간을 감추는) 곁에서 불사신이 될 수도, 키르케나 로토파고이족 곁에서 시간을 잊을 수도 있었을 것이다. 그러나 그는 죽기 마련인 존재들의 단선적 경주에, 기억에 다시 끼어드는 편을 택한다. 칼립소가 제공하는 불멸은 망각을 뜻하는 반면, 페넬로페와 보낸 밤은 그를 다시 삶의 엉덩이에 얹힌 안장에 앉혀주는 것이다. 오디세우스는 시간을 되찾았다. 알베르틴[37]은 사라지지 않았다.

> 아내여, 고난이라면 우리 둘 다 수없이 많이 겪었소.
>
> 당신은 이곳에서 내 귀향을 걱정해 눈물 흘리며 기다렸고,
>
> 제우스와 다른 신들께서는 나를 고통 속에,
>
> 꿈에도 그리는 고향 땅에서 멀리 떨어진 곳에 꽁꽁 묶으셨소.
>
> 그러나 이제 우리가 우리의 잠자리를 되찾았으니,
>
> 당신은 남은 재산을 돌보도록 하시오.
>
> 오만불손한 구혼자들이 먹어치운 가축들을 벌충하도록
>
> 내가 가서 약탈해올 것이고, 나머지는 우리 축사들이 찰 때까지
>
> 그리스인들이 돌려줄 것이오.
>
> 무엇보다 나로 인해 상심하셨을 고결한 아버지를 뵈러

---

37 프루스트의 소설 《잃어버린 시간을 찾아서》의 6권 〈사라진 알베르틴〉에서 낙마 사고로 사망하면서 화자의 상념을 이끄는 인물.

수목이 우거진 시골로 나갈까 하오.

《오디세이아》, 23편, 350~360

그의 '고결한 아버지'…. 시는 이 궁극적 염려로 끝난다. 혈통과 다시 관계를 잇는 것. 근본 없는 인간은 없다. 오디세우스의 마지막 임무는 아버지를 보러 가는 것이다. 그는 공간을, 이타케 섬을 되찾았다. 이제 시간과 다시 관계를 맺어야 한다. 자식으로서 자신의 기원과 관계를 이어야 한다. 고대의 관념으로 보면 우리는 어딘가에서, 누군가로부터 온 존재이다. 현대의 계시도 인간을 뿌리도 없고 조상도 없이 자가생식하는 단자(단세포)들로 환원하는 도그마인 개인주의의 지배를 아직 확고히 다지지 못했다.

고향 땅과 부모보다 달콤한 것은
아무것도 없는 법이라오.

《오디세이아》, 9편, 34~35

오디세우스는 이미 앞에서 파이아케스인들에게 이

렇게 말했다.

이제 그는 자신의 꿈을 이루었고, 연로한 아버지를 만났다.

오디세우스는 자신이 아들이라는 걸 아직 믿지 못하는 아버지 라에르테스에게 "열세 그루의 배나무, 열 그루의 사과나무, 마흔 그루의 무화과나무"(《오디세이아》, 24편, 340~341) 이야기를 해서 설득한다. 페넬로페는 올리브나무 밑동에 만들어진 부부 침상의 비밀을 오디세우스에게 듣고 나서야 그가 자기 남편임을 확신한다.

이렇게 호메로스는 진실을 확인하게 해주는 상징으로 나무를 호출한다.

땅에 심어진 것은 거짓을 말하지 않는다.

평정에 대한 희망

　오디세우스가 충만감을 되찾았으리라 여기는 건 어쩌면 잘못된 생각이 아닐까? 장켈레비치는《불가역과 향수L'Irréversible et la Nostalgie》에서 그 반대를 주장했다. 이 철학자에 따르면 오디세우스는 귀환에 만족하지 못했으며, 예언자 테이레시아스가 새로운 모험들을 예고한 것이 역마살 낀 여행자를 놓아주지 않는 달뜸을 말해준다는 것이다.

　"그의 고향과 안락한 행복 너머의 섬을 이미 품고 있는 그 불안은 무엇일까?" 그것은 장켈레비치 자신의 고뇌는 아니었을까? 오디세우스가 귀환을 완결하고 정착하는 걸 받아들이지 못하는 그의 고통, 그의 아픔은 아니었을까?

　시는 끝이 난다.

　구혼자들은 지옥으로 인도된다. 그리고 아테나는 제

우스의 조언에 따라 이타케 사람들의 저항을 잠재운다. 생각해보라! 전쟁이 다시 불붙기 직전이니! 여신이 평화를 가져온다. 신들은 오직 평화를, 질서의 귀환을 갈망하고, 《오디세이아》는 화합과 '옛 시간'의 복원으로 끝난다.

이것이 오디세우스의 승리다. "앞으로 닥칠" 일에 박수를 보내기 전에 옛날의 상황을 복원하는 것. 《오디세이아》의 마지막 말은 "지속 가능한 협약"이다. 그러기 직전에 제우스는 인간들의 분쟁을 잠재우기 위해 아테나의 귀에 이런 책략을 속삭인다.

그들이 죽은 아들들과 형제들을 잊게 해주자.
예전처럼 그들 사이에 우정이 다시 생겨나고
부와 평화가 그들을 충족시키도록!

《오디세이아》, 24편, 484~486

제우스는 이렇게 옛 질서의 확립을 촉구하고, 호메로스는 개인에게나 사회에게나 대단히 이로운 이 미덕을 환기한다. 망각 말이다.

인간은 슬픈 열정에 오래도록 빠져 있으면 자기 우울감에 중독된다. 공동체도 마찬가지다. 공동체가 분쟁의 궤변에 빠져 괴롭게 지내며 끊임없이 회개를 요구한다면 사람들 사이에 조화는 생겨나지 못한다.

포세이돈에게 마지막 제물을 바치고 나면 오디세우스는 마침내 행복을 누릴 수 있을 것이다.

그는 페넬로페에게 테이레시아스가 한 말을 환기한다.

더없이 부드러운 죽음이 바다 밖에서 와서
안락한 세월에 쇠약해진 나를 데려갈 것이고
나를 둘러싼 백성들은 행복하게 살 거라고 했소.
그는 이 모든 일이 나에게 일어날 거라고 예언했소.

《오디세이아》, 23편, 281~284

우리는 그런 오디세우스를 보지 못할 것이다.

그러니까 우리는 이타케 땅으로 돌아왔다. 그리고 더없이 아름다운 복귀를 목도했다. 한 인간이 자신의 찢긴 부분을 복구하는 것을.

인간의 오만으로 망가졌던 옛 질서가 한 영웅에 의

해 복원되었다. 세상의 조화에 가해진 불명예는 만회될 수 있다.

《일리아스》의 광기는 오디세우스 덕에 망각되었다. 인간들이 신들과 불, 물을—온 우주를—광란 속으로 끌어들인 그 전쟁은 잊혔다. 오디세우스는 많이도 싸웠다. 이곳 이승에서는 재산도 권리도 무엇 하나 쉽게 얻어지지 않기 때문이다.

우리는 《일리아스》와 《오디세이아》를 덮더라도 전쟁의 열화는 잠들지 않았음을 기억해야 할 것이다. 그것의 불씨는 남아 있다. 전쟁은 언제라도 깨어날 수 있다. 평화의 월계수 아래 잠드는 건 분별 있는 행동이 못 된다.

2천 년도 더 된 이 시가 마치 엊그제 탄생한 것처럼 보이는 걸 어떻게 설명할까? 샤를 페기Charles Péguy[38]는 이 기적을 이렇게 표현했다. "호메로스는 오늘 아침에 읽어도 새롭다. 어쩌면 오늘 신문만큼 낡은 게 없을지 모른다."[39]

---

38 1873~1914. 프랑스의 시인·에세이 작가.
39 《베르그송과 베르그송 철학에 관한 메모》, 1914.(—원주)

우리는 천 년 후에도 호메로스를 읽을 것이다. 그리고 오늘도 이 시에서 21세기 초의 세계를 뒤흔드는 변화들을 이해하게 해줄 지혜를 발견할 것이다. 아킬레우스, 헥토르, 오디세우스가 하는 말이 복잡성의 안개 속에 무지를 감추는 데 탁월한 기술자인 전문가들의 분석보다 더 많은 걸 밝혀준다.

호메로스는 그저 영혼의 불변요소들을 발굴해낼 뿐이다.

투구와 갑옷을 바꿔보라. 말을 탱크로, 범선을 잠수함으로 대체해보라. 도시의 성벽을 유리 타워로 바꿔보라. 나머지는 유사하다. 사랑과 증오, 권력과 복종, 집으로 돌아가고 싶은 욕망, 주장과 망각, 유혹과 굳건함, 호기심과 용기. 지구상에서 달라지는 건 아무것도 없다.

신들은 다른 얼굴들을 취했고, 사람들은 더 무장했으며, 인구가 늘어나서 지구는 작아졌다.

그러나 우리 모두는 마음속에 내면의 이타케를 하나씩 품고 있다. 그곳을 되찾기를, 때로는 그곳으로 되돌아가기를 꿈꾸지만, 대개는 그것을 지킬 수 있기를 꿈꾼다.

그리고 우리 모두는 트로이 평원을 덮쳐오는 새로운 공격의 위협을 받는다. 트로이는 온갖 이름을 가질 수 있다. 신들은 언제나 매복한 채 새로운 공격을 준비하고 있다. 그렇다고 인간들이 저주받았으며 싸울 운명을 타고났다는 뜻은 아니다. 역사가 끝나지 않았음을 의미할 뿐이다.

호메로스를 읽고 나면 우리는 아킬레우스의 분노가 깨어나지 않도록 《오디세이아》의 마지막에서 얘기되는 "지속 가능한 협약"을 무슨 수를 써서라도 지켜야 할 것이다.

나는 부엉이 눈을 한 여신을 통해 뮤즈와 신들의 바른 조언을 전해 듣고 여러분이 올바른 선택을 하길 희망한다. 이제 범선을 타고 다른 곳을 향해 향해하든지 마녀들을 피해 집으로 돌아갈 때다.

호메로스와 함께하는 여름

영웅과
인간

유형과 인물상

호메로스의 강을 항해하다 보면 낯선 말들이 잊힌 꽃처럼 아름답게 울려 퍼진다. 영광, 용기, 격정, 운명, 힘과 명예 등. 노블랑그[40] 관리자들이 아직은 금지하지 않은 말들이다. 머지않아 그렇게 될 테지만.

구원은 무사안일에서 오는 게 아니라, 우리의 팔에서 온다오.

《일리아스》, 15편, 741

이것은 전사들 중 한 사람의 입을 빌려 호메로스가 한 말이다.

개인의 안락과 집단의 안전을 중시하는 사회에서는 몰지각해 보이는 이 개념들을 우리가 어떤 자리에서

---

40 조지 오웰이 《1984》에서 쓴 조어로, 지식인이나 권력자들이 대중을 기만하기 위해 만들어내는 그럴싸한 애매한 표현을 가리킨다.

주장할 수 있을까? 달의 창고 속에 영원히 처박아둬야 할 개념들일까?

"고대 언어는 죽은 언어다." 우리는 흔히 이런 말을 듣는다. 이 표현 역시 죽은 언어일까?

무엇보다 최악은 이런 말들 가운데 하나가 고고학적 지층 깊은 곳에 묻힌 채 망각되었다는 사실이다. 영웅심. 이 시들 안에서는 이 말이 지배한다.

《일리아스》와 《오디세이아》는 초월의 노래다.

전투에 취하고 눈물과 신들의 양식糧食이 넘쳐나는 가운데, 장광설이 성벽을 넘나들고 규방에서는 웅얼거리는 노랫소리가 들려온다. 그리고 신들의 축복을 받으며 인간들이, 그리고 신들과 보잘것없는 인간들이, 괴물이 득실거리는 동굴이나 님프들로 뒤덮인 해안가에서 사랑을 나누는 가운데 변함없는 인물상 하나가 그려진다. 바로 영웅이다.

영웅의 형이상학적 힘이 유럽 문화에 자양분을 댔다.

그것은 여전히 우리의 집단 무의식에 작용하고 있다.

시대마다 새로운 영웅이 그 순간의 가치들을 구현하는 책무를 지고 등장한다.

이 무장한 인간은 누구인가? 그가 세상의 공포, 삶의 비극, 일상의 불확실성에 맞서 싸우기 위해 가진 거라곤 검과 책략뿐이다. 트로이 평원의 영웅은 아직도 우리에게 영감을 불러일으킬까? 그는 이방인인가? 형제인가? 그가 우리에게 가르쳐줄 것이 있을까? 고대의 미덕들을 안락에 대한 갈망과 맞바꾼 우리에게?

'번영'과 '안락'은 우리 시대의 (우중충한) 새 영웅인 마크 저커버그가 규정하는 지평이다. 나르키소스의 샘의 디지털 버전(페이스북)을 발명한 그는 하버드 학생들 앞에서 연설하면서 이 두 가지 삶의 목표를 휘둘렀다. 이 디지털 발명품 도매상에게 한나 아렌트의 분석을 맞세워야 할 것이다. 아렌트는 각 개인이 호메로스의 영웅을 나름대로 활용할 수 있다고 생각했다. 영웅은 준거였고, 특별한 덕성의 상징이었으며, 우리 자신의 위대함을 측정하게 해주는 척도였다. 각 개인은 기질에 따라 어떤 영웅에게서 자기 자신을 알아볼 수 있었다. 원시적 힘을 좋아하는 사람들은 아이아스에게 끌렸다. 다정한 기품을 좋아하는 사람은 헥토르를, 전술가들은 오디세우스를 선택했고, 부성애를 신봉하는 사람들은 프리아모스에게, 양면적이면서 남성적인 정신의 소유자들은 파트로클로스에게 끌렸다. 인생의 절반을 술 마시는 데 바쳤고 나머지 절반은 높은 건물을 기어오르는 데 바친 나는 술을 퍼마신 뒤 키르케의 계단에서 떨어져 죽은 엘페노르에게서 나의 모습을 발견했다.

우리가 그리스 영웅들에게서 나 자신의 모습을 발견하길 좋아하는 것은 그들 중 누구도 완벽하지 않기 때문이다. 멀고 추상적인 유일신의 시대는 아직 오지 않았다. 아직은 쉬이 과오를 범하는, 정감 가는 신들의 시대였다. 신들도 자기 내면의 구렁텅이 가장자리에서 춤을 추고 있었다.

그리스인들은 신들에게도 결점이 있음을 드러내는 걸 좋아했다! 신들도 호메로스의 비판적 눈길에서 벗어나지 못했다. 이를테면 아프로디테와 아테나도 피레아스[41]의 생선 파는 여자들처럼 머리끄덩이를 잡고 싸운다.

---

41 그리스 중남부 아티카 지방의 항구도시.

호메로스와 함께하는 여름

경이의 광채 속에서도 언제나 만물의 한계는 영롱하
게 빛난다.

그래서 호메로스를 읽는 것이 친근하고 우호적으로
느껴지는 것이다.

힘과 미美

호메로스가 묘사하는 영웅의 특징은 힘이다. 영웅에 겐 기운이 곧 기품이다. 기운 덕에 그는 행동하고 목표에 이를 수 있다. 호메로스의 세계에서는 힘이 없으면 행동도 없다. 힘이 없다면 그저 의도만 존재할 뿐이다. 영웅은 전쟁과 활동을 위해 태어난 맹수처럼 앞으로 나아간다.

선천적으로 타고났거나 격렬한 투쟁으로 얻은 물리적 힘은 참으로 소중해서 함부로 허비할 수가 없다. 《일리아스》도입부에서 아킬레우스의 분노는 비장할 정도로 불만에 휩싸인 인간을 보여준다. 그 명예로운 토라짐은 폭발로 이어진다. 아킬레우스는 진짜 영웅들의 판테온에 오르겠노라 주장하지 못한다. 제아무리 신인神人일지라도 무절제와 능장을 일삼으면 결코 모범이 되지 못하는 것이다.

영웅이 자화자찬하며 난폭함을 과시하다가 이내 창에 맞고 쓰러지는 걸 보는 일은 드물지 않다. 고대 세계에서 맹목적인 힘은 결점이 아니다! 하지만 오늘날 그런 힘은 우리에게 혐오감을 불러일으킨다. 그런 힘을 도덕은 배척하고 문화는 경멸하며 법은 단죄한다.

> 오라, 말 달리는 고결한 트로이인들이여!
> 내가 쏜 화살이 아카이아인들 가운데 최고의 전사를 맞혔으니,
> 그는 나의 강력한 화살에서 살아남지 못할 것이다.
> 제우스의 귀한 아들 아폴론이 나를 리키아[42]에서 이리로 보내셨으니.
>
> 《일리아스》, 5편, 102~105

리키아의 아들은 디오메데스를 화살 한 발로 맞힌 뒤 저렇게 외친다.

그리고 헥토르는 아이아스에게 이렇게 호언장담한다.

---

42 고대 소아시아 남서쪽 끝에 자리한 지방. 오늘날 터키의 남동부 해안에 해당한다.

전투와 살육이라면 나도 알 만큼 안다!

나는 내 가죽 방패를, 말린 가죽 방패를,

나의 질긴 전투용 방패를

오른쪽으로, 왼쪽으로 돌릴 줄 안다.

날랜 전차들이 돌격해오는 전장에 뛰어들 줄도 알고,

사나운 아레스를 위하여 춤출 줄도 안다!

《일리아스》, 7편, 237~241

호메로스의 영웅은 힘 외에 아름다움도 갖추고 있다. 영웅의 용맹은 그가 발하는 광휘에 비례한다. 그리스인들은 육체적 힘, 정신적 가치, 용모의 아름다움을 잇는 관계를 표명했다. 칼로스 카가토스kalos kagathos[43]라는 표현은 아름다움이 기운을 낳음을 보여준다. 한 인간의 얼굴은 내적 조화의 반영으로 간주되었다. 용모가 아름다우면 논리적 법칙에 따라 용맹한 것이다. 표범들에게, 암호랑이들에게, 암사자들에게 물어보라. 그 반대를 말하지 않을 테니.

---

[43] 아테네에서 건실한 시민에게 붙인 수식어. kalos는 '아름답다', kagathos는 '덕이 있다'는 뜻이다.

헥토르는 파리스가 메넬라오스를 결투로 대적하는데 싫은 기색을 내비친 걸 비난한다. 청년의 아름다움이 무능을 감추고 있을 리 없기 때문이다.

비루한 파리스여, 여자들에게 미친 용감한 유혹자여!

…………

사자 갈기처럼 머리를 풀어헤친 아르고스인들은

멀쩡한 네 외모만 보고 너를 우리의 선봉장인 줄 알았다가

너에게 아무 용기도 투지도 없는 걸 보고 웃음을 터뜨리겠구나!

…………

네가 먼지 속에 나뒹구는 날에는 너의 키타라도, 아프로디테의 선물도, 네 머리털과 외모도 아무 도움이 되지 않을 것이다.

《일리아스》, 3편, 39~55

망각과 명성

그리스 영웅의 주된 임무는 명성을 얻는 것이다. 여러 세대가 당신의 이름을 기억한다면 죽음은 달콤할 것이다. 모든 그리스인은 삶이 부조리하다는 생각을 받아들인다. 우리는 태어나는 걸 느끼지 못하고 죽음을 향해 가며 너무 빨리 산다. 기원의 공백과 목적지의 심연 사이의 이 짧은 구간은 인상적인 행위를 하기엔, 멋진 삶을 살고 멋진 죽음을 맞기엔 짧은 시간이다.

그러므로 영광은 집단적 기억을 향해 가는 가장 빠른 지름길이다.

호메로스는 그리스식 소원의 일부를 실현했다. 유산을 파괴하기 위해 민주주의 통치의 경영자들이 기울인 노력에도 불구하고 우리는 아직도 아이아스, 디오메데스, 아킬레우스, 메넬라오스에 대해 이야기한다. 그들은 우리와 함께 있고, 우리 가운데 있다. 텍스트의 가호

호메로스와 함께하는 여름

덕택에 그들은 잊히지 않았다.

아! 싸워보지도 않고 영광 없이 죽기는 싫다.
후세 사람들이 들어서 알게 될 위업을 이루고 죽으리라.

《일리아스》, 22편, 304~305

    이것은 헥토르가 아킬레우스와의 결투를 앞두고 한 말이다. 헥토르는 영웅들 가운데 가장 인간적이고 사려 깊으며, 한 인간의 삶을 살아갈 마음가짐을 누구보다 잘 갖춘 인물이다. 헥토르의 기도는 통했다. 장담컨대 나의 독자들 가운데 몇 명은 그의 이름을 물려받았을 테니까. 이 글을 읽는 첫 번째 헥토르는 출판사(파리 5구 라 아르프 로 35번지, 에콰퇴르 출판사)에 편지를 쓰시길. 그러면 필리프 브뤼네가 번역하고 쇠유 출판사에서 출간한 《일리아스》 번역본을 한 권 보내줄 테니.

    궁극적 야심이 집단의 기억이라면 강박관념은 망각이다. 죽음은 그리 중요치 않다. 어쨌든 닥쳐올 죽음이니. 전쟁도 중요치 않다. 거부하면 될 테니. 희생도 중요치 않다. 모두가 받아들이는 것이니(헬레네는 희생의 가장 고결한 예를 제시한다). 육체적 고통도 중요치 않다. 모두가 겪는 것이니. 그리스인들이 두려워하는 건 무명無名이다. 바다에서 난파당하는 건 최악의 종말이다. 바다는 말로 표현할 수 없는 장막으로 당신의 몸을 뒤덮어 당신을 집어삼키기 때문이다.

그리스의 영웅심은 극적 효과에 만족하지 못한다. 그것은 기억의 영원성을 갈망한다. 후대의 명성 없이 순간적으로 번쩍이는 광채는 공허 속의 폭죽처럼 남을 것이다.

텔레마코스가 네스토르에게 자기 아버지 오디세우스에 대한 기억을 들려달라고 청하자 늙은 전우는 그에게 성공한 삶의 열쇠를 건네준다.

이보게! 자네도 용모가 준수하고 체격이 당당하니

후대 사람들이 자네를 예찬하도록 용맹을 떨치게.

《오디세이아》, 3편, 199~200

페넬로페는 아들이 명성 없이 사라지는 걸 보느니 차라리 죽는 걸 보는 편을 덜 두려워한다.

폭풍이 내 사랑하는 아들을 아무 명성도 없이

집에서 멀리 채가 버리니.

《오디세이아》, 4편, 727~728

아테나조차 끼어들어 어린아이처럼 무기력한 상태에 빠져 있는 텔레마코스를 뒤흔든다.

이제 더는 어린아이처럼 행동하지 말아야지.

이제 그럴 나이는 지났지 않나.

그대는 고귀한 오레스테스가 자기 아버지를 살해한

교활한 아이기스토스를 죽여 온 세상 사람들 사이에서

어떤 명성을 얻었는지 듣지도 못했나?

《오디세이아》, 1편, 296~300

한나 아렌트는 명성 — 그리스어로 **클레오스kleos** — 에서 인간들이 인류의 박공에 자기 이름을 새김으로써 어느 정도 신성神聖을 얻을 가능성을 보았다. 그러므로 《일리아스》의 학살 장면, 문학적 위업인 그 장면에는 무한히 고귀한 목적이 있을 것이다. 그 장면들은 희생자들이 현재의 우매함에서, 우리 조건의 부조리함에서, 존재의 취약성에서 벗어나게 해줄 것이다. 갑옷 아래 남는 유일한 규칙은 우리가 전사를 기억해야 한다는 것이다.

기억에 들어서다

역사에서 사라지는 것보다 더 나쁜 실패가 있으니, 바로 자기 자신을 잊는 것이다. 오디세우스는 그를 엇나가게 하려는 피조물들, 괴물들, 마녀들에게서 벗어나려고 애쓴다. 《오디세이아》는 도주에 관한 책이다. 신이 되게 해주겠다고 제안하는(그는 자신이 인간이라는 사실을 잊게 될 것이다) 칼립소의 품에서, 외딴 섬에서 마약을 하는(그는 인간이라면 자제해야 한다는 사실을 잊게 될 것이다) 로토파고이족으로부터 혹은 연인들을 짐승으로 바꿔버리는(그는 자기 겉모습마저 잊게 될 것이다) 키르케로부터 벗어나야 하는 것이다.

《오디세이아》에 나오는 일화 하나는 지상의 삶이 공공의 기억 속에 투사된 모습을 무대에 올린다. 오디세우스는 파이아케스족 왕이 베푼 연회에 초대된다. 한 음유시인이 좌중 속에 오디세우스가 있다는 걸 알지 못한 채 오디세우스와 아킬레우스 사이의 갈등을 노래한다. 오디세우스는 시인의 입을 통해 자신의 이야기를 듣는다. 그리스 세계가 막 문학을 발명해낸 것이다! 문학이란 부재하는 것들에 대해 이야기하는 것이므로. 오디세우스는 후세로 건너갔다. 그는 망각의 강을 건넜다. 기억이 그를 받아들였다. 그는 우주 속에서 사실상 불멸을 품은 별과 행성들 사이에 당당히 자기 자리를 잡았다.

훗날 고전주의 시대의 그리스인들은 도시들을 건설하면서, 예술작품의 세계를 보호함으로써, 완벽하기를, 다시 말해 영속적이기를 바라는 정치체계와 법률들을 만들어냄으로써 불멸에 이르는 방법을 발견하게 될 것이다. 몇몇 아시아 전통들은 덧없는 그림자에 불과한 인간을 치유해줄 환생 신화들을 만들어낼 것이다. 그리고 유대교와 기독교의 일신교 우화들은 누구라도—가장 덜 영웅적인 사람조차도!—천국을 꿈꿀 수 있다고 주장함으로써 불안에 대한 해독제를 제공할 것이다. "마음이 가난한 자는 복이 있나니 천국이 저희 것임이오." 이 지복의 말은 영웅주의에 대한 그리스 이론의 대척점에 자리한다.

현대의 영웅은 오디세우스를 닮지 않았다. 최근 들어 평등주의 철학으로 개종한 기독교가 우위를 점해온 2천 년의 세월은 전사 대신에 약자를 꼭대기에 올려놓았다. 각 사회는 자기를 닮은 영웅들을 배출한다. 21세기 서양에서는 이주민이나 가장家長, 희생자나 극빈자가 시상대에 오를 자격이 있다. 아카이아인이 전차를 타고 2018년의 파리에 나타난다면 즉각 체포될 것이다. 영웅의 인물상보다 더 영원한 것이 없다. 영웅의 구현보다 더 일시적인 것도 없다.

역사에, 다시 말해 시간의 살 속에 인간의 행위들을 새기는 일에 강박적으로 사로잡힌 한나 아렌트는《문화의 위기La Crise de la culture》에서 몇몇 강렬한 문장들을 통해 그리스의 선택에 경의를 표한다. "그렇지만 죽기 마련인 인간들이 그들의 작품에, 행동에, 말에 어느 정도 영속성을 부여하고 소멸하는 특성을 제거한다면 그것들이 적어도 어느 정도까지는 항상 지속되는 것들의 세계 속에 들어가 머물 곳을 찾으리라 여겨졌으며, 인간만 빼고 모든 것이 불멸인 우주 속에서 인간들도 자기 자리를 찾으리라 여겨졌다. 인간의 실행능력, 그것은 바로 기억이었다."

'즉각'의 시대에 이런 말들은 이상하게 들린다. 현재주의의 숭배는 자기 행위를 지속성 속에 새기려는 욕망의 대척점에 정확히 자리한다. 고대 그리스인은 저커버그의 인간이 아니다. 그는 현재의 앞유리창에 들러붙은 곤충처럼 거울의 스크린에 들러붙기를 원하지 않는다. 사회관계망은 기억을 자동해체하려는 시도다. 포스팅을 하자마자 이미지는 망각된다. 월드 와일드 웹World Wild Web의 새 미노타우로스는 비소멸성의 원칙을 전복했다. 우리는 보이려는 환상에 부풀어 거대한 위 주머니 같은 디지털 매트릭스에 흡수되어버린다. 그리스 영웅에게는 인터넷 사이트가 필요 없다. 그는 포스팅poster보다는 반격riposter을 선호한다.

자기의 영광을 위해 약탈까지 할 준비가 된 그리스인이 우리에겐 괴물처럼 보인다. 20세기 서양세계에서 영웅주의는 아직 복음의 가치를 지녔었다. 그것은 자기 자신이 아닌 무언가를 위해 목숨을 내놓는 일이었다. 21세기 서양에서 영웅주의는 자기 약점을 게시하는 일이다. 억압의 결과를 겪어보았다고 주장할 수 있는 사람이 영웅인 것이다. 희생자가 되는 것. 바로 이것이 오늘날 영웅의 야심이다.

모두 가운데 최고가 되는 것이 호메로스 시대에 영웅의 목표였다.

모든 사람이 최고다, 이것이 현대 민주주의에 의해 세속화된 기독교의 명령이다.

책략과 웅변술

맹수 같은 힘만이 영웅의 유일한 특징은 아니다. 다른 덕목도 그려진다. 지략과 웅변술이 뒤섞인 잡종 덕목이다. 오디세우스는 파이아케스족의 연회에 참석한 젊은 왕자 에우리알레를 냉대한다.

이렇듯 신들께서는 아름다움, 지략, 달변 같은
장점들을 한 사람에게 모두 주시지는 않는 법이오.
어떤 사람은 얼굴은 보잘것없지만 신께서 그의 말에
우아함을 더하시니 달콤하면서 겸손하고 당당히 말하는
그를 바라보며 모두가 좋아하지요.
그래서 그는 군중 가운데 단연 돋보이고
그가 도심을 걸어가면 사람들이 그를 신처럼 우러러본다오.
그런가 하면 또 어떤 이는 얼굴은 불사신처럼 잘생겼지만
하는 말에 우아함이라곤 없지요.

호메로스와 함께하는 여름

그렇다, 적군의 배를 검으로 베는 것만으로는 영웅이 되기에 충분하지 않다. 군중을 봉기시킬 줄 알아야한다.

오디세우스는 근육질의 힘으로도 빛나지만 책략의인간이기도 하다. 그의 이중적 웅변술은 함정들을 좌절시킨다. 그는 외교술의 대가로, 거짓말하고 변장하고온갖 술책을 활용하기를 결코 망설이지 않을 것이다.그는 근육과 머리라는 이중의 재능에서 영웅심을 끌어낸다. 이 술책의 수완은 대부분의 신들로부터, 특히 아테나로부터 축복을 받는다. 아테나는 오디세우스에게다정한 모성의 감정을 품는다.

이타케에 도착해 목동으로 변장한 아테나를 만났을때 오디세우스는 자기 정체성을 드러내려 하지 않는다. "머릿속에 언제나 지략이 그득한" 그는 능력껏 거짓말을 한다. 그리고 여신은 시치미의 대가인 이 "인내의 영웅"에게 장난기 섞인 애정을 드러낸다.

어떤 계략에서 그대를 이기려면

신이라도 영리하고 교활해야 할 것이다!

오, 꾀 많은 자여, 치밀한 자여, 계략에 물리지 않는 자여,

그대는 고국에 와서까지도 거짓과 교언에 대한

열정을 버리지 않으려는가?

자, 그런 계략일랑 그만두자!

영리하기로야 우리 둘 다 마찬가지이니.

그대는 조언과 언변에서 모든 인간 가운데 월등히 뛰어나고,

나는 모든 신 가운데 계책과 명석함으로 명성이 자자하니.

《오디세이아》, 13편, 291~299

세상에 대한 호기심

오디세우스는 영웅의 화살통에 마지막 미덕을 담아 온다. 바로 호기심이다.

유럽 정신은 상황의 환부를 도려내는 능력으로 규정될 것이다. 그리스인들은 적절한 순간에 기회를 포착해 투명하고 책임 있는 결정을 내리는 수완을 **카이로스kairos**라고 이름 붙였다. 역사는 고르디온 주민들이 알렉산드로스 대왕에게 고르디온의 매듭[44]을 풀어보게 한 일화를 기억한다. 마케도니아 왕은 칼을 꺼내 망설임 없이 실뭉치를 잘라 분별력을 보여주는 더없이 확고한 예시를 내놓았다.

망설임의 독을 단호히 자르는 능력에 덧붙여 또 다른 덕목도 유럽정신에 새겨진다. 그것은 오디세우스가

---

[44] 마케도니아의 고르디온이라는 도시의 신전에 복잡하게 묶인 매듭이 있었는데, 그 매듭을 푸는 자가 아시아를 지배하는 왕이 된다는 전설이 있었다.

구현한 덕목으로 '배움의 갈증'이라고 부를 수 있을 것이다. 오디세우스는 선원들을 이끄는 지도자요 인내심 많은 웅변가요 마녀들의 연인이요 충직한 남편이지만 그것이 다가 아니다. 신비를 향해 돌진하기를 결코 마다하지 않는 탐험가이기도 하다. 난파로 기회가 주어지기만 하면 그는 안개의 장막을 열어젖힌다. 《오디세이아》는 탐험의 책이다. 그리스 섬들은 저마다 보물을, 부富를, 약속을, 위험을 감춘 채 에게해 위에 떠 있다. 각 섬이 하나의 세계다. 《오디세이아》는 그 세계들을 가로지르는 이야기이다.

그 세계들은 위험하다. 이 그리스인은 두려움에 휩싸인 채 바위와 암초 섬들을 항해했다.

그는 이타케에 도착해서도 이렇게 한탄한다.

아, 슬프도다! 나는 또다시 어떤 땅에 표류한 걸까?
난폭하고 야만적이고 의롭지 못한 자들을 만나게 될까,
아니면 손님을 환대하고 신을 두려워하는 사람들을 보게 될까?

《오디세이아》, 13편, 200~202

호메로스와 함께하는 여름

'새로운 것'에 대한 이 불안을 우리가 이해할 수 있을까? 세계를 공유 공간으로 삼고 지구에 '우리 행성'이라는 어린애 같은 표현을 붙이는 우리가? 보편적 인류를 꿈꾸고 경유 없이 세계 일주를 하는 이 시대에 우리가 그 두려움을 이해할 수 있을까? 오디세우스의 항해 길이 낯선 집의 문을 열고 위험한 방으로 들어가도록 인도한다는 걸 우리가 상상할 수 있을까?

그러나 오디세우스는 조금도 망설이지 않고 나아간다. 그는 새로움에 호기심을 맞세운다. 키클로페스 섬에서도 혹은 키르케의 섬에서도 그는 위험을 무릅쓰고 나아간다. 그는 보기 위해 나아가고, 검을 빼들고, 알고자 **애쓴다**. 부하들이 해안에 댄 배에서 멀어지지 말라고 조언할 때 그는 은못이 박힌 청동검을 어깨에 얹고 활을 메고는 직접 가서 확인해보겠노라 말한다. 필연적 욕구가 그를 내모는 것이다.

때때로 그가 부엉이 눈을 지닌 여신이나 그의 수호천사 역할을 하는 멋진 신 헤르메스의 도움을 받은 것도 사실이지만, 무엇보다 그는 알려는 욕망에 고무되어 행동한다. 오디세우스는 유럽인들이 독점권을 지닌 공짜탐험을 발명한다.

훗날 이 모험정신은 바스코 다 가마, 리빙스톤, 레비-스트로스, 장 루슈Jean Rouch, 쿠스토Cousteau, 헤르만 불Hermann Buhl, 샤르코Charcot, 마젤란에 의해 멀리까지 뻗어나간다. 오디세우스에게 영감을 받은 유럽인은 세상을 샅샅이 뒤졌다. 그 이상이다! 유럽인은 자신이 아닌 **타자**에 대해 관심을 보였다. 유럽이라는 작은 반도에서 민족학·인류학·예술사·문헌학 등 인문학이 탄생했다. 관찰과 발견의 이 방법론들은 타자를 이해하는 데 도움을 준다. 동양에서는 결코 '서양학'이 탄생하지 못했다.

오디세우스는 작은 돌섬 위에 서서 길을 가리켰다.

세상 전체를 탐험할 일만 남았다.

오디세우스는 우리의 척후병이다.

고집이냐 포기냐

마지막으로 영웅은 포기할 줄 안다. 명예와 월계관에 목말라하는 가련한 인간들인 우리는 보물 하나를 무참히 무시한다. 달콤하고 소박하며 평화로운 삶 말이다. 우리는 우리의 눈길 아래 놓인 이 삶의 가치를 그것이 사라지고 남은 공허를 보고서야 깨닫는다. 소유하고 있을 때는 그것의 가치가 눈에 들어오지 않는다. 잃고 나서야 아쉬워하며 운다.

오디세우스는 파이아케스족의 왕 앞에서 단란한 삶을 몇 구절의 시로 묘사한다.

나는 모든 백성이 즐거워하는 것보다

더 나은 삶은 없다고 생각하오.

사람들이 나란히 모여 앉아 가인歌人에게 귀 기울이고,

그들 앞에 놓인 식탁에는 빵과 고기가 그득하고,

술 따르는 이는 큰 동이에서 술을 퍼

잔마다 따르고 있소.

내가 보기에는 이것이 가장 아름다운 광경 같소.

《오디세이아》, 9편, 5~11

종종 영웅들 가운데 가장 절대적인 영웅조차 "삶보다 소중한 건 없다"는 데는 동의한다. "삶보다 소중한 건 없다, 삶보다 소중한 건 없다." 이 말을 들으면 90대 노인들은 지난 세기에 사랑받았던 해변의 노래[45]를 떠올릴 것이다…. 하지만 이 문장은 히트곡으로 탄생하기 전에 아킬레우스가 한 말이었다. 화가 나서 전투에 나서길 여전히 거부할 때 말이다.

삶보다 소중한 것은 없으니, 번화한 도시 트로이가

오래전에 차곡차곡 쌓아두었다는 부조차도 삶에는 못 미친다.

《일리아스》, 9편, 401~402

---

45 2001년에 발표된 알랭 수숑Alain Souchon의 노래 〈la vie ne vaut rien〉를 가리킨다. 노래의 제목은 '삶은 아무 가치 없어'라는 뜻이지만, 가사는 '삶보다 소중한 건 없어'라는 정반대의 내용을 담고 있다.

호메로스와 함께하는 여름

조금 더 시간이 흐른 뒤 영웅은 이렇게 덧붙인다.

되돌아오지 않는 건 오직 삶뿐, 일단 이빨이 울타리를 넘어서면
삶은 다시 붙잡을 수 없고 되찾을 수도 없다.

《일리아스》, 9편, 408~409

《오디세이아》는 성벽을 정복하고 온갖 영화를 누리고 모든 모험을 경험하고 나서 이제 삶의 가치를 되찾고, 탈환한 자기 왕궁에서 '남은 생애' 동안 조용히 늙어가길 바라는 한 인간이 보여준 위대하면서도 소박하기 그지없는 노력이 아닐까? 때로 영웅심은 영웅을 피곤하게 만든다. 그는 집으로 돌아가길 갈망한다.

금욕주의자들은 삶의 매 순간을 마지막 모금처럼 귀하게 여기라고 명령한다. 그렇게 겸허한 시간들을 이어가는 편이 신들과 대화를 나누고 무기를 부딪치며 보내는 눈부신 날들보다 운명의 균형을 재는 저울에서 훨씬 더 무게가 나간다.

안타깝게도! 호메로스의 독자들인 여러분과 나, 우리는 대개 이 사실을 이해하지 못한다. 이해하지 못하거

나 너무 늦게 이해한다. 우리는 바다를 항해하고, 달을 따오고, 온갖 길을 달릴 필요가 있다. 곳들을 지나고 나야 우리는 우리의 **행복**이 눈길 닿는 곳에 있다는 걸 깨닫는다. 우리가 이미 소유한 것을 갈망했더라면 좋았으리라. 하지만 너무 늦었다! 삶은 이미 달아나버렸다!

호메로스는 이 찢기는 고통을 줄곧 시에서 환기한다. 오디세우스, 아킬레우스, 헥토르는 망망대해의 부름과 내륙 인간의 운명 사이에서 찢긴 인간을 구현한다. 파브리스 델 동고[46]는 도주 초반부에 콤 호숫가에서 이렇게 자문한다. 스스로 전설이 될 것인가 아니면 소소한 즐거움들을 누리며 살 것인가? 조셉 케셀Joseph Kessel[47]은 이 갈등을 "멈춤과 움직임" 사이에서 결단을 내리지 못하는 불가능성으로 요약했다. 우리는 이 번민을 천 가지 방식으로 표현할 수 있을 것이다. 무엇을 목표로 삼아야 할까? 부부의 침상인가, 모험인가? 실내화인가, 경주마인가? 방향 지시판인가, 침대 머리맡 탁자인가? 항해용 지도인가, 브리지 게임용 카드인가?

---

46 스탕달의 소설 《파르마의 수도원》의 등장인물.
47 1898〜1979, 프랑스의 작가·저널리스트.

호메로스와 함께하는 여름

파자마인가, 장애물 경주인가? 한 여자인가, 사랑의 열정인가? 착한 자식인가, 야생마인가?

호메로스의 그리스인들에게는 방정식의 한쪽 항엔 행복한 삶이, 다른 쪽 항엔 명성이 놓인다.

헥토르의 아내 안드로마케는 이 선택이 중대한 문제라는 걸 누구보다 먼저 이해했다. 그래서 헥토르에게 애원했다.

> 그 분별 없는 걱정이 당신을 죽일 거예요.
> 당신은 어린 자식과 머지않아 과부가 되고 말 이 가련한 아내가
> 가엾지도 않나요. 머지않아 아카이아인들이 한꺼번에 덤벼
> 들어 당신을 죽일 테니 말이에요.
>
> 《일리아스》, 6편, 407~410

그녀는 남편의 죽음을 예감했다. 사람들이 그의 이름을 기억할지는 몰라도, 그는 아들을 품에 안는 행복을 더는 맛보지 못할 것이다. 전사들이 안드로마케의 직감을 이해했을 때는 이미 너무 늦었다. 오디세우스는 이타케로 돌아와 돼지치기에게 이렇게 말한다.

나도 한때는 사람들 사이에서 행복하게 살았소.

부유한 집도 가졌고, 떠돌이들에게

이름도 용건도 묻지 않고 종종 호의를 베풀곤 했다오.

하인도 수천 명씩 거느렸고, 편안히 살았고,

부자라는 말을 듣게 해줄 많은 것도 가졌었소.

그러나 제우스 신께서 나를 헐벗게 하셨으니, 그분의 뜻이 필

시 그랬을 거요….

《오디세이아》, 17편, 419~424

오디세우스의 아들 텔레마코스가 찾아와 조언을 구
할 때 메넬라오스는 이렇게 털어놓는다.

나는 오랫동안 고난을 겪었고 안락한 집도 잃었소,

집에 있던 온갖 재산까지 몽땅.

오늘 내가 그 재산의 삼분의 일만 가졌어도 좋으련만,

그리고 아르고스와 자기 말들로부터 멀리 떨어져

트로이 평원에서 죽어간 그 전사들이 살아 있다면 좋으련만!

《오디세이아》, 4편, 95~99

호메로스와 함께하는 여름

그러나 이런 삶에 대한 후회 가운데 가장 비통한 후회는 아킬레우스에게서 나온다. 오디세우스는 지옥 밑바닥에서 그를 만나 그의 명성이 찬미의 대상임을 전해주면서 그가 기분 좋아할 거라 상상한다.

하지만 증기 가운데 떠 있는 아킬레우스의 유령은 그의 생각이 틀렸다고 쏘아붙인다.

죽음에 대해 나에게 달콤하게 말하지 마시오, 고결한 오디세우스여!

여기 이 모든 죽은 그림자들 사이에 군림하느니,

나는 차라리 이승의 농토도 재산도 없는

가난한 농부 밑에서 머슴으로 품이나 팔고 싶소.

《오디세이아》, 11편, 488~491

영웅, 소시민, 천사, 악마, 양지의 사람들, 음지의 관리들이여, 조심하라! 호메로스가 경고한다. 성공적인 죽음을 맞이하려고 너무 애쓰지 마라. 죽음에 앞서 오는 것, 무시할 수 없는 그것, 다시 말해 삶을 망칠 위험이 있으니!

용감하고 아름답고 조화롭고 강하고 명성이 자자한 모습, 안락한 삶을 형용하기 위해 스탕달이 쓴 표현인 "카페의 삶"을 포기할 준비가 되어 있는 모습이 바로 그리스 영웅의 모습이다. 어쩌면 이 영웅은 자신을 너무 높은 곳으로 끌어올리느라 마지막 봄날 아침을 만끽할 줄 몰랐던 걸 언젠가 후회하게 될지 모른다. 영웅은 광채의 인간이다. 언젠가는 그의 눈물이 영광스러운 갑옷을 적실 것이다.

신과 인간

호메로스는 트로이 평원의 전사들의 윤곽을 그리는 데 그치지 않는다. 행간 사이로 그리스인의 인물상이 그려진다. 고대 인간은 하나의 표본이다. 그 인물상에 지금도 우리는 경탄한다. 2,500년 전 에게해 해안에서 한 줌의 뱃사람과 농민들이 태양에 짓눌리고 폭풍에 시달려 기진맥진한 채, 풍파에 깎인 자갈들에서 생명력을 조금 끌어내어 인류에게 삶의 양식樣式 하나를, 세상에 대한 비전 하나를, 그냥 지나칠 수 없는 내적 품행 하나를 내놓았다.

두 가지 도덕적 명령이 그리스인의 삶을 지배한다. 환대와 경애심이다. 신들에게 바치는 희생제의와 연회 장면들이 시들을 관통한다. 손님—파이아케스인들의 섬에 들이닥친 오디세우스나 임무를 띠고 숙적의 집에 찾아간 프리아모스 왕—은 명예롭게 맞아들여진다.

우주의 거울 역할을 하는 현실 세계에서 손님 접대는 곧 신들에게 바치는 숭배다. 달리 말해 연회는 희생제의의 세속적 반영이다. 어떤 결정을 내리기 전에 신들에게 경배하지 않는다면 우주의 질서를 위반하는 일이 될 테고, 왕궁 문을 두드리는 떠돌이를 맞아들이지 않는다면 자신의 위대함을 저버리는 일이 될 것이다. 그러나 호메로스의 세계에서는 절제가 지배한다. 환대의 미덕을 책임질 수단을 갖고 있지 못하면 그 미덕들을 뽐내지 못한다. 그리스의 덕목들을 추상적인 의도로 받아들여서는 안 된다. 단지 말만 해서 얻어지는 건 아무것도 없다. 우리가 손님을—전투를 피해 온 이주민이건 폭풍에 조난당한 사람이건—맞이하는 건 그에게 제공할 무언가를 가지고 있기 때문이다. 호메로스의 세계에서 관대함은 광고효과로 축소되지 않는다. 제공자가 그것을 떠벌린다면 수혜자에게 그것을 실행할 수단을 반드시 가지고 있어야 한다.

호메로스와 함께하는 여름

운명을 받아들이다

호메로스의 인간은 자신의 운명을 받아들이는데, 그것은 최소한의 자질이다. 아리스토텔레스에 따르면 지구상의 모든 동물은 "제 몫의 아름다움과 천성"을 실현한다. 마찬가지로 전장에 있건 정원에 있건 자기 궁에 있건, 인간은 자기의 시간을 살기 위해 그곳에 있는 것이다. 만물의 질서가 있고, 인간의 몫이 있다. 우리가 무엇을 바꿀 수 있겠는가? 젊은 나이에도 지혜롭고 강인하며 아름다운 나우시카가 오디세우스에게 이런 교훈을 전한다.

나그네여, 그대는 분별없지 않고, 품격이 없어 보이지도 않는군요.
오직 제우스만이 고결한 사람이든 비천한 사람이든 인간들에게 마음 내키는 대로 행복을 나누어줍니다. 그분이 그대에게 이런 어려움을 주셨다면 어떻게든 참고 견뎌야 합니다.

《오디세이아》, 6편, 187~190

그러나 주의해야 한다! 자기 몫의 삶을 받아들인다고 해서 운명의 부침을 체념하고 수동적으로 받아들인다는 의미는 아니다. 오디세우스의 힘은 광기로 뒤흔들린 질서 속에서 제자리를 되찾는 데 있지 않을까? 그는 자포자기하고 흘러가는 대로 살지 않는다. 여기서 우리는 호메로스의 자유 개념이 지닌 여러 모순 가운데 하나를 만난다. 우리는 하늘이 미리 그려둔 지도 속에서 자유로운 흐름을 따를 수 있다. 달리 말해 강을 거슬러 올라야 할 필연성을 타고난 연어처럼 우리에겐 흐름의 방향을 바꿀 수 없는 강물을 거슬러 헤엄칠 자유가 있다.

장담컨대 인간들 가운데 운명을 피할 수 있는 사람은 아무도 없다오,
겁쟁이든 용감한 사람이든 일단 태어난 이상 그 누구도.

《일리아스》, 6편, 488~489

호메로스와 함께하는 여름

이것은 헥토르가 안드로마케에게 한 말이다. 이 단언에는 어떤 반항도 담겨 있지 않다. 인간은 싸우고 분투하고 자연을 거슬러 항해하고 발버둥을 치지만 참으로 합리적이고 현대적이며, 프랑스식의 행동을 실행하지는 않는다. 자기 운명에 항의하는 것, 자기를 파탄 나게 한 죄인들을 찾는 것, 자기 책임을 내던지는 것, 세상에 설명하기 위해 작은 붓을 들고 벽에 "금지를 금지한다"라고 낙서하는 것 말이다. 닥치기 마련인 일을 받아들이는 이런 능력은 그리스인을 강하게 만든다. 매여 있지 않기에 강한 인간으로.

세상에 만족하다

그리스인[48]은 현실에 만족한다. 호메로스는 이 명제를 발전시킨다. 그는 그리스 철학을 풍요롭게 만들 것이다. 강하면서 단순한 생각. 인생은 짧고, 만물이 태양 아래 주어져 있다. 사기꾼들이 지어낸 **내일**을 기다리지 말고, 만물을 음미하고 향유하고 숭배하라. 세상에 만족하라는 이 **명령imperium**은 카뮈가《결혼Noces》에서 숭고하게 노래한 바 있다. 작가는 알제리 땅에서 "눈물과 태양이 어우러진 하늘" 아래 "땅과 화합하는" 법을 배운다. 그렇다, 고대 그리스인에게 삶이란 세상과의 결혼 계약이다. 우리는 이 땅에 태어나자마자 고락을 함께하기 위해 결혼을 선포한다.

'마레 노스트룸'의 빛―카뮈의 알제나 이타케 해안

---

48 여기서 '그리스인'은 그리스 국민이 아니라 '그리스 신', '그리스 영웅'과 같은 차원의 '그리스 인간', 즉, 인간의 한 전형을 가리킨다.

호메로스와 함께하는 여름

을 비추는—이 세상의 순수한 현존을 맞이할 힘을 우리에게 준다면? 그리스 섬들의 빛에 감탄하는 건 진부한 일이다. 여행사들이 흰 대리석 위에서 일광욕하는 걸 너무 내세우는 바람에 그것은 닳고 닳아버린 주제가 되었다. 그럼에도 빛은 고대인들이 자기 운명을 받아들이도록 부추겼다. 빛은 계시자 역할을 한다. 만물이 하얀 비처럼 쏟아지는 빛 아래 모습을 드러낸다. 만물은 헬리오스의 광채 속에 자리 잡은 뒤 만질 수 있고 부인할 수 없는 존재가 된다. 하나의 암괴, 한 송이 수선화, 배 한 척. 이런 사물들은 우리가 이동시킬 수 없고 거부할 수도 없다. 따라서 열렬히 만족해야 한다. "드러나는 것 속 모든 것이 아름답다."《일리아스》, 22편, 73)라고 프리아모스는 부르짖는다. 그리스인이라는 건 빛이 하나의 장소임을 이해한다는 뜻이다. 우리는 빛을 산다. 우리는 빛의 진실 속에 당당히 선다. 내세라는 모호한 공상에 기대지 않고…. 우리는 빛이 우리에게 제공하는 것을 사랑하고, "우리 몫의 삶"을 누리며, 우리의 신조를 위해 싸운다. 매일 저녁 석양이 피할 길 없는 밤이 온다는 걸 알려주었기에 겁내지 않고 밤을 기다릴 수 있다. 태양 아래에서는 영원한 삶도 야외에 내놓기엔 너무 창백한 교회지기의 어두운 생각처럼 보인다.

호메로스와 함께하는 여름

아무것도 희망하지 않기

그리스인은 내세를 기다리지 않는다. 일신교의 계시들이 나타나 그의 눈앞에 약속의 협잡을 휘두를 것이다.

알베르 카뮈는 판도라의 상자 신화를 통념과 반대로 받아들였다. 판도라가 상자를 열었고, 모든 불행이 상자에서 빠져나왔다. 희망만 상자 바닥에 남아 있었다. 따라서 희망을 가지려면 숱한 불행을 예상해야 한다! 희망은 현재의 순간에 던지는 욕설이 될 것이다!

그리스인은 다른 것은 아무것도 생각하지 않는다. 그는 인간의 삶이 우리에게 주어졌다는 걸 안다. 그러니 주어진 진실 속에 있는 것을 사랑하자. 오늘 우리가 갖지 못할 다른 무엇도 찾지 말자. 우리에게 주어진 것에 매달리자. 내일은 존재하지 않기에 노래하지 않는다. 이 만족의 철학은 어쩌면 회피처럼 보일지 모른다. 만물의 현존을 받아들이는 능력은 오히려 희망의 부재

속에 있다. 그렇다면 현재하는 현존을 향한 **사랑**을 말해야 할까? 호메로스는 《일리아스》의 한 화려한 시구에서 이 내재성을 예찬한다. 열여덟 번째 노래에서 테티스가 헤파이스토스를 찾아가 아들 아킬레우스에게 줄 새 무기를 만들어달라고 부탁하는 장면이다.

대장장이 신은 전사의 방패를 벼릴 것이다. 친근하고 목가적이며 도시적이고 가족적이며 정치적인 삶의 온갖 면면들로 방패를 장식할 것이다. 그것은 한 신이 내놓는 지상의 삶에 대한 하나의 비전이요, 한 장의 사진이다. 헤파이스토스 신의 구글 어스Google Earth다. 우리는 이 방패의 묘사를 보며, 인간적 삶의 모든 풍요가 거기 고스란히 담겨 있음을 깨닫게 될 것이다. 대장장이 신이 손수 방패 가장자리로 울타리를 쳐서 모아둔, 그다지 도달 불가능해보이지 않는 모든 풍요가 우리의 재량에 맡겨져 있으며, 우리의 손으로 수확해주기를 기다리고 있다. 가깝고 현존하며 열려 있고 우호적이며 친근한 어느 시골이나 도시의 측정 가능한 구역에 모든 것이 모여 있는데, 왜 다른 세계를 희망한단 말인가? 지금 여기다. 내세에서 수확을 기대할 필요는 전혀

호메로스와 함께하는 여름

없다. 그러나 이 사실을 알려면 명석해야 하며, 그것을 원할 힘이 있어야 하고, 간파할 지혜와 계속 갈망할 겸손이 필요하다. 대장장이 신이 금속에 벼린 세상 묘사에 귀를 기울여보자. 그리고 아무것도 희망하지 말 것을 잊지 말자. 방패 안에 머무는 데 만족하자. 헤파이스토스의 세계를 받아들이자!

이와 반대로 현대인은 자연과 단절되고, 하나의 메커니즘이 자리를 잡았다. 세상이 타락할수록 추상적인 종교에 대한 갈증이 더 커지는 것이다. 이 21세기 초에 비현실적인 종교들이 소생하고 있고, 미디어들은 그것을 '종교성의 복귀'라고 부른다. 인간은 자기 토대를 숭배하도록 정당화해주는 천국들을 지어낸다. 형제 인류여, 세상을 약탈하라! 천국이 당신들을 기다린다. 일흔 명의 처녀들이 당신의 죄를 대속해주리니!

그는 먼저 크고 튼튼한 방패를 만들었다.
사방에 장식을 새겨넣고, 가장자리에는 번쩍번쩍
빛나는 세 겹의 테를 두르고 은빛 끈을 달았다.
방패는 다섯 겹으로 만들고, 마지막 겹 위에

지혜로운 생각으로 수천 가지 형상들을 새겼다.

대지와 하늘과 바다 물결을,

지칠 줄 모르는 태양과 만월을 새겼고,

하늘을 왕관처럼 두른 온갖 별들을,

플레이아데스 성단星團과 히아데스 성단을, 오리온의 힘을,

사람들이 수레라고도 부르는 큰곰자리를 그려넣었다.

큰곰은 스스로 돌면서 오리온을 지켜보는데,

이 별만이 오케아노스의 목욕에 끼어들지 않는다.

그는 필멸의 인간들이 그득한 아름다운 두 도시도 새겨넣었다!

한 도시에서는 혼례와 잔치가 벌어져

사람들이 횃불을 들고 방에서 그날의 신부들을

데리고 나왔고, 축혼가가 드높이 울려 퍼졌다.

춤꾼들이 빙글빙글 돌며 춤을 추었고,

그 가운데 리라와 오보에 소리도 울렸다.

여인들은 저마다 자기 집 문간에 서서 감탄했고,

많은 이들이 광장으로 몰려갔다. 그곳에서 시비가 벌어져

두 남자가 죽은 남자의 죗값을 두고 다투고 있었다.

한쪽은 사람들 앞에서 대가를 다 치렀다고 주장했고,

다른 쪽은 돈 받은 것이 없다고 했다.

호메로스와 함께하는 여름

두 남자는 재판관 앞에서 시비를 가리기로 했다.

구경꾼들은 두 편으로 나뉘어 각기 자기편을 응원했고,

병사들은 사람들을 제지했다. 원로들은

반들반들 깎은 돌 위에 신성한 원을 그리고 앉아

목소리 우렁찬 병사들에게서 지팡이를 받아들었다.

그러곤 지팡이를 짚고 일어나 차례차례 판결을 내렸다.

두 판관 사이에 황금 두 달란트가 놓여 있는데,

가장 공정한 판결을 내리는 판관에게 내려질 것이었다.

《일리아스》, 18편, 478~508

현실을 복잡하게 구상하다

헤파이스토스의 묘사 속에서는 왕들과 농부들이, 시골 사람들과 도시 사람들이, 맹수들과 순한 짐승들이, 땅과 바다가, 전사들과 평화로운 사람들이 같은 동작으로 춤을 춘다. 신이 벼려낸 현실 세계가 그 복잡함 가운데, 모순들의 공존 가운데 존재한다. 모순들의 접촉에서 모든 생명이 분출된다고 본 헤라클레이토스의 생각이 대장장이 신의 작품 속에 그려져 있다.

헤라클레이토스는 말했다. "신은 낮과 밤이고, 겨울과 여름, 전쟁과 평화, 포만과 허기다." 그리스인은 안다. 세계는 다양성 속에 제시되며 그 알록달록한 외투를 받아들여야 한다는 것을. 모든 걸 분리하기를 바라느니 모든 걸 끌어안는 편이 낫다는 것을. 하나로 통일하려고 애쓰기보다는, 아니, 그보다 더 나쁘게 모든 걸 균등하게 만들기보다는 세상의 굴절을 인정하는 편이

호메로스와 함께하는 여름

낮다는 것을.

호메로스에게 이것은 생명체들의 구조의 깊은 수직 체계를 환기하는 기회다. 호메로스의 세계는 대패로 다듬어지지 않았다. 고대의 하늘 아래에서는 모든 것이 동일한 가치를 지니지 않는다. 신들이 있고, 인간들과 짐승들이 있다. 그리고 인간들 사이에도 신의 선한 의지에 따라 타고난 재능에 차이가 있다. 이것이 아킬레우스가 프리아모스에게 제시한 비전의 요약이다. 늙은 아버지가 아들 헥토르의 시신을 돌려달라고 간청하러 왔을 때 말이다.

제우스의 궁전 문턱 아래에 항아리가 두 개 묻혀 있는데,
하나엔 불길한 선물이, 다른 하나엔 복된 선물이 가득 들었습니다.
천둥을 좋아하시는 제우스로부터 두 가지를 섞어 받는 자는
때로는 궂은 일을, 때로는 좋은 일을 만납니다.
하지만 불행만 받는 자는 가련한 신세가 되지요.

《일리아스》, 24편, 527~531

그리스 사회는 귀족사회다. 계급으로서의 귀족사회가 아니라, 태생적으로 불평등한 인간세계의 자리매김을 말하는 것이다. 오디세우스가 다른 사람들보다 월등하다면, 그건 그가 섬의 주인이어서가 아니라 가장 강하고, 가장 똑똑하고, 20년의 모험 경험으로 누구보다 냉철한 모습을 보이기 때문이다. 그가 자기 왕궁으로 돌아와 재산을 되찾는 건 공증받은 증서를 통해서가 아니라, 복수를 하려는 그의 물리적 힘과 그 자신의 정신력과 신들의 도움 덕이다.

스스로 한계를 알다

헤파이스토스의 방패는 가장자리에 장식이 둘린 둥근 형태다. 그것은 영롱하게 반짝이는 삶을 담고 있는데, 원형으로 잘린 테두리는 전사에게 장식문양이 된다. 그것은 경계 속에 만물을 담고 있다. 금속 작품에 유효한 것은 인간에게도 유효하다. 그리스인은 만족할 줄 알고, 자신이 태생적 재량의 한계 내에서 받은 것을 누릴 줄 안다. 어느 날 아폴론이 냉담하게 개입해 창을 마구잡이로 휘두르며 날뛰는 디오메데스에게 규율을 따르라고 말한다.

티데우스의 아들아! 몸을 사리고 물러가라.

그대는 자신을 감히 신들과 같다고 여기지 마라.

불사신들과 대지 위를 걷는 인간들은 결코 태생이 같지 않으니.

《일리아스》, 5편, 440~442

호메로스는 아폴론 신의 이 말을 "무시무시하다"라고 형용한다! 일탈에 경고가 내려졌고, 디오메데스는 넘지 말아야 할 선 안쪽으로 들어오라는 요구를 받은 뒤 뒤로 물러선다. 그는 선을 넘고 싶었지만 위반 경고를 받았다.

절제의 명령이 그리스 철학에 물을 댄다. 그 명령은 이 시의 쟁점들 가운데 하나가 될 것이다. 델포이 신전 주랑에는 "지나침이 없어야 한다"라는 말이 새겨져 있다. 이 말은 '지나침은 결코 필요 없다'라는 뜻이 아니다. 세상의 난간 앞에서 멈춰 설 줄 아는 것이 좋다는 의미이다. 모든 일탈은 나쁜 상황을 초래할 것이다. 지나치게 반짝이는 모든 것, 폭발이나 무분별한 승리는 언젠가 돌아오는 방망이에 얻어맞게 될 것이다. 《일리아스》는 이 힘의 방향전환을 항상 강조한다. 승자는 어느 날 패배하게 될 것이다. 영웅들은 승리한 뒤 도주하게 될 것이다. 아카이아인들은 트로이인들 가까이까지 접근했다가 패주할 것이고, 트로이인들은 공격에 성공했다가 후퇴하게 될 것이다. 힘은 평형추다. 이 진영에서 저 진영을 오간다. 어제의 강자들은 다음 노래에서

호메로스와 함께하는 여름

는 약자가 된다. 모든 일탈에는 대가가 따른다. 때때로 그 대가는 무시무시하다. 절제가 수치스럽게 우롱당한다면 반드시 심판이 내려질 것이다. 이 시구를 잊지 말자. "전쟁의 신 아레스는 공평해서 방금 그대를 죽인 자를 죽인다."(《일리아스》, 18편, 309) 신들에게서 큰 힘을 받은 영웅들도 그 힘을 절제하지 않고 사용하면 죽게 될 것이다.

어쨌든 아킬레우스의 불행은 그의 분노에서 비롯되었다. 치명적인 격분! 최후의 공격! 냉혹한 심판!

오디세우스도 트로이를 약탈하고 키클로페스를 모욕한 대가로 자기 짐을(천 년이 흐른 뒤에는 '자기 십자가'라는 말을 쓰게 될 것이다) 짊어져야 한다.

눈부시게 빛나고 의기양양했던 이 전사들은 비극적으로 죽어간다. 파트로클로스는 분노가 절정에 달했을 때 등에 창을 맞고 죽고, 헥토르는 쓰러진 뒤 시신이 훼손되며, 아가멤논은 아내의 음모로 제거된다. 아이아스는 자살하고, 프리아모스는 목이 졸린다. 내재적 정의가 단행하는 학살이다! 트로이 평원에서 벌어진 대참사에 가담한 모두가 그 대가를 치른다.

모두가 히브리스를 속죄한다.

이렇듯 신들이 있고, 영웅들과 인간들이 있다. 저마다 자기 죽음을 향해 항해한다. 정도에 따라 차이가 있겠지만 죽음은 명예로울 것이다. 저마다 자기 몫의 삶을 받고, 어느 정도 그것에 만족할 줄 안다. 운명의 큰 축들이 쓰여 있는 하늘 아래에서 저마다 어느 정도 자유롭게 춤을 춘다. 그러나 올림포스 거주자건 평화로운 농부건 투구를 쓴 전사건 모두가 절제 없는 삶은 아무것도 아니라는 사실을 잊지 말아야 한다.

모두가 이 시련 앞에 자리하고 있다. 모두가 오가며 선을 넘지 않을 줄 알까?

호메로스와 함께하는 여름

신들,
운명,
그리고
자유

《일리아스》와 《오디세이아》는 운명의 무게와 자유의 희망을 맞대면시킨다.

호메로스의 영웅은 어떤 인물인가?

신들의 노리개인가, 아니면 자기 자신의 주인인가?

꼭두각시인가, 아니면 활기 넘치는 힘인가?

아인슈타인은 "신은 주사위를 던지지 않는"다고 믿었다. 그러나 올림포스의 신들은 트로이 평원에서 주사위를 던졌다. 심지어 그들은 체스 놀이도 했는데, 체스의 말들은 여러 사람의 이름을 달고 있었다. 오디세우스, 아킬레우스, 헥토르, 메넬라오스, 디오메데스, 그리고 당신. 아가멤논, 프리아모스, 파트로클레스, 그리고 또 당신, 안드로마케와 헬레네. 신들은 당신들을 그들 술책의 체스판 위에 배치한다! 지독히 냉소적이고 경망스럽게도!

오, 아카이아와 트로이의 영웅들이여, 그대들은 그대 삶의 주인인가? 아니면 그대들이 숱한 기도를 올린 올림포스 신들의 노리개인가?

신들은 인간에게 어떤 교리를 따르라고 요구하지 않는다. 신화의 세계는 도덕적이지 않다. 덕성은 회교도들이 하듯이 적법한지 적법하지 않은지로 평가되지 않고, 기독교인들이 하듯이 선한지 악한지로 평가되지 않는다. 고대의 하늘 아래에선 모든 것이 솔직하다. 신들은 개인적인 용무로 인간들이 필요했다.

《일리아스》에 나오는 다음의 무시무시한 시구는 무엇이든 저울로 재려는 우리의 포부를 쓸어버린다. 글라우코스는 디오메데스에게 이렇게 말한다.

인간 종족은 나뭇잎과도 같아서,

때로는 바람에 날려 떨어지고

때로는 봄이 되어 숲의 새싹들이 돋아나 무성하게 자라듯,

인간의 세대들도 때로는 번성하고 때로는 시드는 법이오.

《일리아스》, 6편, 146~149

호메로스와 함께하는 여름

무섭도록 명철한 구절이다!

일신교가 나타나기 이전의 시구다. 일신교의 출현은 이 방정식을 전복하고 인간을 생명체의 사원 꼭대기에 앉힐 것이다. 그러나 고대의 빛으로 보면 인간은 여전히 티끌에 불과하다! 우리 인간의 '알맹이 없음'을 말해주는 이 생각이 철학을 관통했다. 그 뒤를 이어 여러 사상가들이 우리의 공空을 표현했다. 헤라클레이토스는 자신의 삶을 하루살이의 체류처럼 여긴 최초의 사상가였다. 부처 그리고 만물의 비영속성에 대한 부처의 확고한 영속성.《태어남의 불행에 대해L'Inconvénient d'être né》의 저자 시오랑[49]. 그리고 셀린[50]의 유명한 말도 있다. "태어날 필요 없었는데." 인간의 우월성을 믿지 않는 사상가들은 많았다. 핀다로스[51]는 여덟 번째 축승시에서 호메로스식으로 이렇게 말한다. "덧없는 존재들이여! 우리 모두가 그렇지 않은가? 인간은 한낱 그

---

49 에밀 시오랑Émile-M. Cioran(1911~1995), 루마니아 출신의 프랑스 철학자·작가.
50 루이-페르디낭 셀린Louis-Ferdinand Céline(1894~1961), 프랑스의 소설가. 소설 《밤의 끝으로의 여행》으로 20세기 문학사에 한 획을 그은 작가로 인정받는 한편, 반유대주의적 행보로 비난받기도 했다.
51 BC 518~BC 438, 고대 그리스의 서정시인.

림자의 꿈이다."

마치 제우스가 내린 아래 판결의 메아리처럼 들리지
않는가.

> 대지 위를 걸어 다니는 모든 생물 가운데
>
> 진실로 인간보다 비참한 존재가 없으니.
>
> 《일리아스》, 17편, 446~447

가련한 인간 공동체가 나누는 유일한 우애는 운명의
막중한 무게에 짓눌린 저주받은 종족에 속한다는 감정
일 것이다.

신들, 나약한 신들

그러나 낙심하지 마라! 우울일랑 내쫓자!

호메로스의 시 속에는 최초의 위로가 있다. 보잘것 없어 보일지 모르는 위로지만 내 눈엔 중요해 보인다. 바로 신들도 운명의 계율에서 벗어나지 못한다는 것. 신들도 숙명의 경직성을 감내한다는 것이다.

신화적 사고思考에서 운명과 신성을 혼동한다면 오류를 범하는 것이다. 신들은 놀이의 주인이 아니다!

운명은 신이 아니다. 운명은 우주적이고 내재적인 의도를 상징하며, 그 의도에 따라 세상에 드러나는 것과 무대 뒤쪽에 숨는 것이 있다.

운명은 시간과 공간과 삶과 죽음의 건축물이다. 모든 것이 맞물려서 살고, 사라지고, 새롭게 갱신되는 상감세공이다. 운명은 무기한 유예된 계절이다.

인간들이 질서를 깨뜨리면 삶을 모욕하는 것이기에

그 무절제에 대한 대가를 치러야 한다. 오디세우스는 트로이에서 격한 분노에 사로잡혀 행동한 대가로 20년의 고난을 치렀고, 아킬레우스는 지옥의 망령 신세가 되었다.

그렇다면 신들은? 그들 역시 운명의 엄명에 순종해야 할까? 그들은 온전히 자기 목적의 주인일까? 그들에게도 지고의 명령을 존중해야 할 의무가 있을까? 호메로스는 이 질문에 대한 확실한 대답을 결코 내놓지 않는다. 훗날 이 질문은 신의 전능함을 운명의 밑그림과 일치시키려 애쓰는 일신교 계시를 믿는 신도들의 관심을 끌 것이다(동방 예언자들의 계시 이후 사람들은 **신이 원하는 바**가 곧 운명이라고 말하게 될 것이다). 호메로스 시대에는 상황이 훨씬 유동적이었다. 그리스 신들조차 이야기의 흐름이 갑작스레 요동치면서 자기들의 계획이 뒤틀어지는 것을 본다.

"지극히 높으신", "신들과 인간들의 아버지"인 제우스는 아들 사르페돈이 파트로클로스의 창에 맞아 전장에서 죽는 걸 본다. 제우스는 아들을 살리고 싶었으나 헤라가 자기 운명에서 벗어나게 하지 말고, "무례한

호메로스와 함께하는 여름

죽음에서 그를 구출하지 말라"(《일리아스》, 16편, 442)고 설득한다. 그녀는 남편에게 간청한다. "그 아이를 내버려둬요." 그러자 제우스는 아들을 포기한다. 더 훗날, 골고다 언덕에서 십자가에 못 박힌 팔레스타인 출신 혁명가 청년은 아버지를 향해 호메로스식으로 말한다. "아버지, 어찌하여 저를 버리시나이까?"

이렇듯 제우스조차 자기에게 일어나는 일을 완전히 다스리지 못한다. 그는 운명의 여신 모이라이와 함께 우리가 받을 몫과 현실로 드러날 몫을 짠다. 운세·운명·혈통·문자·돈, 이런 것들이 우리에게 굴러 떨어진다. 인간이든 짐승이든 신이든 이것들을 받아들여야 한다.

신들은 자기들의 계획을 따르지만, 인간들에게 전체적인 틀을 제공해주지는 않는다. 그들이 바라는 건 우리를 구원하는 일도 저주하는 일도 아니다.

그들은 자기들의 이해관계 외에 다른 목적을 갖고 있지 않다. 신들이 운명을 구현하는 거라면 고결한 의도로 사건들을 이끌었을 것이다.

우리는 신들이 "제우스를 둘러싸고 황금 마루에 모

여 앉아."《일리아스》, 4편, 1~2) 인간들을 전쟁에 몰아넣을
지 말지 무심하게 의논하는 장면을 종종 본다.

그러니 우리는 이 일을 어떻게 할지 살펴봅시다.
고약한 전쟁과 끔찍한 소동이 불붙도록 힘쓸까요,
아니면 양쪽 백성을 우의로 맺어줄까요?

《일리아스》, 4편, 14~16

제우스가 주변에 앉은 신들에게 묻는다. 믿기 힘든
장면이다! 신선한 술을 앞에 두고 신전 아래 앉아 반쯤
몽롱해진 신들이 우리의 운명을 결정하다니.

대리석이 깔린 마을 광장에서 카드놀이를 하며 지루
해하는 통속화 속 그리스인들 같다.

결국 제우스는 아프로디테가 가장 아름다운 여신이
라고 선언한 목동 파리스에게 당한 수모를 복수하기
위해 트로이인들을 깔아뭉개고 싶어하는 헤라의 기분
을 맞춰주려고 트로이 전쟁을 일으킨다. 이렇게 제우
스는 전쟁 내내 바람이 불 때마다 이리저리 휘둘린다.

그는 테티스와 헤라의 마음을 똑같이 고려해야 한

호메로스와 함께하는 여름

다. 한쪽은 트로이의 승리를 원하고, 다른 쪽은 그리스의 승리를 원한다. 제우스는 통합의 의장이다. 올림포스 산에서나 인간들의 땅에서나 사회당의 여름 대학만큼 모든 것이 복잡하다. 올림포스는 그야말로 도떼기시장이다.

신들의 사령부에는 수시로 급변하는 혼란스런 정치가, 도미노 전략이 판을 친다. 현대전들을 겪으며 우리는 그런 일에 익숙해졌다. 한 강대국이 적의 적국들을 지지한다. 세상에 혼란을 가중하는 것이 미래에 결코 이롭지 않다는 사실 따위는 안중에 없다.

호전적인 신들

한 가지 확실한 사실은 신들은 평화를 바라지 않는 다는 것이다.

다스리는 자들에게 전쟁은 유용하다.

그뿐이 아니다! 종종 그들은 전쟁을 높이 평가한다. 신들이 물리적으로 맞서면(아테나와 아레스처럼) 제우스 는 기뻐한다.

그는 내심 환희에 차서 웃었다.

《일리아스》, 21편, 389

제우스는 전쟁을 이용해 이 신 저 신에게 번갈아가 며 호의를 베푼다. 그의 손아귀에 든 인간은 올림포스 의 안정을 위해 쓰이는 **조절변수**일 뿐이다. 어느 날 그 는 그의 우유부단한 태도에 화를 내는 아테나에게 이렇게 말한다.

> 내 딸아! 진정하거라! 나쁜 마음으로 한 말이 아니니,
>
> 내가 너에게만큼은 상냥하고 싶단다.

《일리아스》, 8편, 39~40

이 말이 암시하는 바는 이것이다. 네 열정이 이끄는 대로 가서 전투를 다시 벌여라!

이것은 많은 철학자들―이를테면 프루동[52] 같은―이 표명한 이론이다. 강자들은 사람들이 싸우는 데서 이득을 취한다는 것.

트로이 이후 2,500년이 흐른 오늘날에도 몇몇 "음침한 신들"은 여전히 인간들을 갈라놓을 술책을 부리고 있다. 그 신들은 더는 제우스, 아폴론, 헤라, 포세이돈 같은 이름으로 불리지 않는다. 그들의 이름은 훨씬 세속적이며 겉모습도 형태도 윤곽도 없다. 그러나 그들의 목표는 동일하다.

---

52 피에르-조셉 프루동Pierre-Joseph Proudhon(1809~1865), 프랑스의 무정부주의 사상가이자 사회주의 철학자.

자원 통제, 에너지 접근성, 금융이라는 추상적인 힘, 계시 종교들의 전파가 영원한 올림포스에 새로이 등장한 고약한 신들이 아닐까? 인간은 이 올림포스에서 피흘리며 싸우는 여신들의 영광을 위해 전쟁을 이어가도록 운명 지워진 게 아닐까?

인간적인, 너무도 인간적인 신들, 운명에 우왕좌왕 휘둘리는 이 신들은 때로 거의 비장한 모습으로 전략을 짜곤 한다. 헤라가 제우스를 홀리기 위해 아프로디테에게 도움을 청하고, 이 사랑의 여신이 헤라에게 "자신의 매력이 모두 들어 있는 장식 띠"(《일리아스》, 14편, 215)를 "옷 속에 품고 있으"(14편, 219)라며 건넬 때는 심지어 가소롭기까지 하다. 어떤 여자가 자신의 남편을 홀리라며 절친에게 야한 잠옷을 빌려주는 걸 상상해보라.

올림포스에서 무질서와 결점들이 부대끼는 여파로 인간들은 운명과 변덕스런 신들의 의지와 열망의 틈새에 낀 채 고통스럽게 살아간다.

개입하는 신들

운명의 여신들에 순종하는 인간에게는 모든 책임을 벗을 기회가 주어진다.

우리가 운명의 여신들이 우리의 삶을 관장한다는 원칙을 받아들인다면 어떻게 우리가 저지른 위반에 대해 죄책감을 느끼겠는가?

아가멤논은 아킬레우스와 화해한 다음 자기 병사들에게 이렇게 말한다. 그의 자기 변론은 직업 정치인의 횡설수설을 닮았다.

그 책임은 나에게 있지 않다.

제우스와 운명의 여신, 그리고 안개를 두른 복수의 여신 에리니에스가 합심해서 내 마음속에 맹렬한 미망을 심었다,

내가 아킬레우스에게 돌아갈 몫을 빼앗은 그날.

모든 일을 신께서 관장하는데 내가 어쩌겠는가?

제우스의 맏딸인 미망은 온 세상을 미망에 빠뜨리는

잔혹한 여신이니, 그 예민한 발은 결코 땅을 딛는 일이 없고

사람들의 머리를 밟고 다니며 타격을 입혀

항상 다른 누군가를 방해하지 않는가.

《일리아스》, 19편, 86~94

조금 더 뒤에서도 그는 자기방어를 이어간다.

내가 이렇게 길을 잘못 들어선 건 제우스께서 내 영혼을 갖고

노셨기 때문이다.

《일리아스》, 19편, 137

1990년대에 프랑스 정부가 내걸었던 슬로건, 출세 지상주의자들의 범속함에 참으로 부합하는 그 슬로건을 떠올려보라. "책임은 있지만 죄는 없다." 그때의 피의자들은 아카이아 왕에게서 영감을 얻어 이 모순어법을 공들여 다듬은 모양이었다. 그 위선자들을 그리스 덕목의 모델로 삼을 수는 없다.

물론 모든 영웅이 외부의 의지라는 핑계 뒤에 숨지

는 않는다. 어떤 영웅들은 자신이 한 행동을 책임진다. 아마도 호메로스의 영웅은 자기 운명을 받아들이고, 자기 목표를 주장하며, 자기 몫의 책임을 떠안고, 자기 행위를 수용하는 자일 것이다.

호메로스의 시는 인간사에 끼어드는 신들의 개입에 대한 불가사의를 밝혀준다. 폴 벤Paul Veyne[53]은 이렇게 자문한다. 그리스인들은 그들의 신화를 믿었을까? 이 질문을 이렇게 뒤집어볼 수 있겠다. 신들은 인간들을 통제할 생각을 했을까? 신들이 인간세계에 끼어들 때 그 개입은 여러 형태를 취한다. 어떤 행동을 하도록 영감을 주고, 인도하고, 계시하고, 때로는 조종한다.

신들은 자기들의 힘을 마법의 원기처럼, 향기처럼 병사들 사이에 퍼뜨린다. 그러면 전사들은 후광을 두르고 전진한다. 그들의 혈관에 묘약이 흘러 힘을 백배로 키워준다. 그들은 신은 아니지만 기계보다 낫고, 더는 인간이 아니다. 그들에겐 신이 **깃들어** 있다.

신들의 권력이 인간 속으로 침투되는 삼투현상을 현

---

53 1930~ , 프랑스의 역사학자.

대의 언어로는 '은총의 순간, 영감'이라고 부를 수 있을 것이다. 군대용어로는 '부대의 사기'가 될 테고.

우리는 애국적인 노래가 사람들을 얼마나 열광시키는지 잘 안다. 제1제정 때 무기력 상태에 빠져 있던 근위병들은 나폴레옹이 나타나기만 해도 자극을 받았다.

《일리아스》에서는 나폴레옹 보나파르트가 아니라 아테나가 디오메데스에게 이렇게 말한다.

> 디오메데스여! 용기를 내어 트로이군과 싸워라.
> 내가 그대의 가슴에 그대 아버지가 지녔던 불굴의 용기를 불어넣노라.
>
> 《일리아스》, 5편, 124~125

그리고 호메로스는 전사의 생리적 변화를 묘사한다.

> 전부터 그는 트로이군과 싸우기를 열망했지만
> 이제는 무시무시한 사자처럼 용기가 세 배로 부풀었다.
> 털북숭이 양 떼를 지키던 목동은
> 울타리를 뛰어넘은 사자에게 부상만 입혔을 뿐,

호메로스와 함께하는 여름

죽이지 못하고 몰아내지도 못한 채

사자의 힘만 돋우어놓고는 오두막 안으로 숨어버렸다.

양 떼가 겁에 질려 날뛰고 서로 기댄 채 바닥에 웅크리니,

사자는 사나운 기세로 풀쩍 뛰어 울타리 밖으로 나온다.

디오메데스는 이 사자처럼 사나운 기세로 적에게 덤벼들었다.

《일리아스》, 5편, 135~143

신이 인간 속으로 내려왔다. 그리고 물질적 변화가 일어난다. 신성한 정기가 전사의 핏줄을 타고 흘러 그를 동료들보다 높이 들어올린다.

종종 우리는 세속의 삶에서도 자신의 것이 아닌 다른 힘에 의해 변화되는 인간들을 본다. 안데스 산맥에서 조난당한 비행사가 걸어서 산을 넘어 문명으로 돌아온 것처럼 말이다. "내가 한 일은 세상의 어떤 짐승도 하지 못했을 일입니다." 어쩌면 신들이 기요메[54]에게 그들의 힘을 불어넣었는지 모른다. 스탕달은 《파르

---

54 생텍쥐페리가 쓴 《인간의 대지》의 주인공. 《인간의 대지》는 경비행기로 안데스 산맥을 횡단하다가 추락해 영하 40도의 혹한에서 극적으로 살아 돌아온 앙리 기요메의 이야기를 다룬 자전적 소설이다.

마의 수도원》에서 탈주하는 순간 "마치 초자연적인 힘에 부추겨진 듯한" 파브리스를 묘사한다. 그 힘으로 그는 성벽과 벼랑을 뛰어넘는다.

이런 링거 주사를 보여주는 호메로스의 또 다른 예시가 있다. 어느 날 포세이돈은 아카이아인들의 용기를 북돋워주기로 마음먹고 바다에서 나와 마법의 지팡이를 휘두르듯 지팡이로 두 아이아스를 친다. 두 전사 중 한 명이 고백한다.

이 순간 창을 쥔 내 무적의 팔이 전율하네.
기운이 솟구치는 게 느껴지고,
두 발도 저 아래에서 근질거려.
사기충천한 헥토르 프리아모스와 혼자서라도 싸우고 싶네!
이렇게 두 사람은 신이 그들의 마음에 불어넣은
기분 좋은 격정에 휩싸여 서로의 마음을 터놓았다.

《일리아스》, 13편, 77~82

이렇게 두 아이아스는 별안간 신들의 힘을 받아 증강된다(이 시대의 기술적 사기인 '증강 인간'에 대한 오래된 공상

호메로스와 함께하는 여름

은 아주 먼 고대까지 거슬러 올라간다). 신들의 호의가 몇몇 인간에게만 주어지자 다른 인간들, 버림받은 가련한 인간들은 기분이 상해서 이를 간다.

《일리아스》에서 우리는 여러 차례 불평을 맞닥뜨린다. 메넬라오스는 헥토르가 신의 EPO[55]를 투여받은 데 대해 투덜거린다.

> 어떤 이가 하늘의 뜻을 거슬러 신들이 아끼는 자와 싸우려 들면
>
> 그에게는 큰 재앙이 닥치겠지. 그러니 내가 헥토르 앞에서
>
> 물러서는 걸 보더라도 다나오스 후손들은[56]
>
> 날 원망하지 말기를.
>
> 신이 그에게 용맹을 불어넣고 있으니.

《일리아스》, 17편, 98~101

이건 중대한 비난이다. 신의 도움을 받고도 여전히 영웅인가?

---

55 적혈구 생성 촉진 인자.
56 호메로스는 《일리아스》에서 종종 아카이아인(그리스인)을 '다나오스의 후손'이라 부른다.

신들 그리고 직접 행동

종종 신들은 유기체에 몇 방울의 묘약을 떨어뜨리는 것에 그치지 않는다! 그들은 몸소 전투에 나서고, 현실 속에 뛰어들고, 행동으로 모습을 드러낸다.

그렇다면 성모 마리아가 피레네 지방의 어느 동굴에 나타난 것처럼 **기적**을 말해야 할까? 아니다! 8세기의 그리스 사람들에게 신과 인간의 근접성은 초자연적인 일이 아니라, 올림포스 거주자들이 인간이라는 꼭두각시들 속으로 내려온 예사로운 일일 뿐이다.

여기서는 한 신이 화살의 방향을 바꾸고, 저기서는 한 여신이 창의 궤도를 인도한다. 여기서 아테나는 새로 변신한다. 또 저기서는 텔레마코스가 탄 배의 고물에 서 있다. 아가멤논을 죽이고 싶을 정도로 격분한 아킬레우스는 아테나에게 제지당한다.

아폴론이 짙은 안개로 헥토르를 보호하는 바람에 아

킬레우스의 창은 안개 속에서 네 번이나 길을 잃는다. 프리아모스는 헤르메스의 개입 덕에 아킬레우스를 찾아간다.

때로는 심지어 신들끼리 인간들의 칼부림이 연상될 정도로 한데 뒤섞여 싸워 자기들이 광기를 모르는 완벽한 존재들이 아님을 자백한다.

신들은 그 정도로 인간의 삶에 섞여들고, 때로는 인간의 눈길로부터 그들을 가려줄 안개가 걷혀도 개의치 않는다. 신화의 세계에서 경이는 진부하다.

신들 가운데 일부는 인간의 형태를 갖추고 나타난다.《일리아스》13권에서 예언가의 모습으로 변장한 포세이돈처럼. 또는 1권에서 아킬레우스의 머리카락을 건드리는 아테나처럼 눈부신 신의 모습으로 등장한다. 모든 인간이 신의 출현을 보지는 못한다는 걸 밝혀두자. 호메로스가 강조하듯, 아테나가 오디세우스에게 나타났을 때 텔레마코스는 여신을 알아보지 못하는 것처럼 "신들이 모두에게 모습을 드러내진 않기 때문이다."《오디세이아》, 16편, 161).

아테나는 때로는 헥토르를 속이기 위해 데이포보스

로 변장하고, 텔레마코스에게 용기를 불어넣기 위해 멘토르의 모습으로 변장하고, 때로는 오디세우스의 왕궁에서 제비가 되어 날기도 한다. 그녀는 빛나는 부엉이의 눈을 가진 여신으로 변신술에서 최고의 수완을 발휘한다.

만약 신들이 우리의 감정들을 치환한 것일 뿐이라면? 우리의 표현들을 구현한 것, 혹은 현학적인 용어를 쓰자면 우리의 내적 상태들을 상징적 현존 속에 객관화한 것일 뿐이라면?

이런 심리적 반영들은 유혹과 관련될 때는 아프로디테라는 이름을 가질 것이고, 우리가 격분할 때는 아레스라는 이름을, 계략을 꾸밀 시간에는 아테나라는 이름을, 전쟁의 열기가 엄습해올 때는 아폴론의 이름을 가질 것이다. 아테나가 아가멤논을 죽이려는 아킬레우스를 말리는 것은 내적 갈등의 은유가 아닐까? 우리 인간의 기분을 신으로 의인화한 것이라는 이 이론은 정신분석학의 이론에 연료를 대주었다. 이 이론에 대해 헨리 밀러는 특유의 뉘앙스를 담아 그것은 **"그리스 신화를 생식기에 적용"**한 것에 지나지 않는다고 말했다.

인간은 꼭두각시인가, 주권자인가?

우리 인간은 자유로운가, 아니면 조종당하는가?

파르카 여신들[57]은 신들조차 따르는 운명의 골조를 펼치고, 짜고, 자르는 요정의 모습으로 그려진다. 우리의 실존이 이미 짜인 바탕천 위에서 펼쳐지는 것이라면, 우리는 어떤 움직임을 마음대로 할 수 있을까?

호메로스는 이 질문에 대한 답을 우리에게 주지 않는다.

인간들은 안다. 신들이 우리를 마음대로 처분한다는 걸. 프리아모스는 《일리아스》 초반부에서 헬레네를 이렇게 위로한다.

너에게는 잘못이 없다.

---

57 로마 신화에서 인간의 탄생·수명·죽음을 관장하는 세 여신.

내가 보기에 잘못은 아카이아인들 그리고

눈물의 갤리선 같은 이 전쟁을 나에게 보낸 신들에게 있다!

《일리아스》, 3편, 164~165

더 뒤에 가서 프리아모스는 전사들을 쉬게 하고는
이렇게 말한다.

신께서 이쪽이든 저쪽이든 어느 한쪽에 승리를 내리실 때까지

우리는 앞으로 얼마든지 다시 싸우게 될 것이니 지금은 쉬라.

《일리아스》, 7편, 377~378

오디세우스가 칼립소의 홀림에서 벗어난 건 신들이
그걸 바라기 때문이다.
《오디세이아》 도입부에서 제우스는 한자리에 모인
신들에게 말한다.

오디세우스를 어떻게 집으로 돌려보낼지

우리 모두 그의 귀향에 대해 궁리해봅시다.

《오디세이아》, 1편, 76~77

호메로스와 함께하는 여름

오디세우스의 귀환은 신들의 허락을 받은 귀환이지, 영웅이 자기 운명에 맞서 쟁취한 승리가 아니다.

인간들의 삶에 일어나는 일은 결국 신들이 허용한 일들에 불과하다. 심지어 헥토르는 운명의 약속에 더 확고히 순종한다. 그는 전투에 참가하기 전에 안드로마케에게 작별인사를 하면서 자기 아들이 자라는 모습을 보지 못할 것을 알고 이렇게 말한다.

장담컨대 인간들 가운데 운명을 피할 수 있는 사람은 아무도 없다오,

겁쟁이든 용감한 사람이든 일단 태어난 이상 그 누구도.

《일리아스》, 6편, 488~489

그렇다면 우리는 우월한 힘이 우리를 위해 짜둔 바탕천의 영원한 노예일까? 우리 자신의 동력에는 어떤 자리가 남아 있을까? 호메로스는 아킬레우스가 하는 다음의 말을 통해 가련한 인간들에게 허용된 행동 구간을 슬쩍 보여준다.

그렇다 해도 나는 트로이인들이

전쟁에 신물나게 하고 싶다.

이렇게 말하고 그는 함성을 지르며 말떼를 앞으로 몰았다.

《일리아스》, 19편, 422~424

그러니 우리는 자신의 책략을 기를 수 있다.

운명에는 빠져나갈 틈새들이 있는 것이다. 신들의 전능함에는 균열이 존재한다. 고대인은 신들의 뜻을 굽힐 수 있었다. 포이닉스는 아킬레우스가 전장으로 돌아오도록 설득하려고 "신들도 유연하다오"(《일리아스》, 9편, 497)라고 말한다.

신들은 명예도 용기도 힘도 더 많이 가졌소.

어떤 사람이 죄를 짓거나 잘못을 저지른 뒤

속죄 의식과 봉헌, 분향을 하고 술을 바치며 애원하면

불사신들의 마음도 돌릴 수 있는 것이오.

《일리아스》, 9편, 498~501

올림포스에서는 모든 것이 협상된다!

호메로스와 함께하는 여름

인간의 자유는 자신의 운명으로 쓰여 있는 것을, 정도의 차이는 있겠지만, 기꺼이 받아들이는 데 있을 것이다. 이것이 호메로스 생각의 큰 줄기다. 자유는 자신의 운명을 결정하는 데 있는 것이 아니라, 우선 그것을 받아들인 다음, 정도의 차이는 있겠으나 기꺼이 수용하고 신의 가호를 재량껏 받으며 그 운명에 몰두하는 데 있다.

고대 그리스의 영웅은 자기 인생의 괄호 속에서 의연하게 행동하고 삶과 죽음을 대하는 자신만의 처세술을 최선으로 표현할 자유를 가졌다. 이렇게 우리는 이미 쓰여 있는 운명의 범주 안에서 약간의 자유를 누릴 수 있는 것이다….

요컨대 산다는 건 약속된 운명을 향해 노래하며 나아가는 것이리라.

삶의 이중二重 인과관계

운명과 자유의지 사이의 이 팽팽한 긴장은 이중 인과관계와 비슷하다.

호메로스의 시 속에서 인간들은 신들의 도움을 받지만 '동시에' 일정한 자유를 고수한다. 그들은 정도의 차이는 있지만 운명을 향해 열정을 가지고 달려갈 수 있고, 때로는 어떤 조작도 시도해볼 수 있는 것이다.

신들이 춤을 이끈다. 그들은 그것을 안다.

우리는 신들의 뜻을 굽힐 수 있다. 신들도 그걸 안다.

운명은 쓰여 있지만 쓰여 있는 운명에는 틈새가 존재하는 것이다.

요컨대 우리는 운명의 모자이크 속에 무언가를 끼워넣을 수 있다. 트로이 평원에서 군대가 한목소리로 내뱉은 이 말이 그 증거다.

호메로스와 함께하는 여름

넓은 하늘을 우러르며 저마다 말했다.

이다 산에서 다스리시는 대단히 높고 대단히 고결하신 아버지 제우스여!

아이아스에게 승리를 내리시어 눈부신 영광을 얻게 해주소서.

그러나 신께서 헥토르도 사랑하고 염려하신다면

두 사람에게 같은 몫의 힘과 찬사를 내려주소서.

《일리아스》, 7편, 201~205

"같은 몫"이라는 말이 결정적이다. 모든 것은 가능한 상태로 남을 테고, 일이 해결될 즈음 인간의 자유가 마지막 동력으로 작용할 것이다. 적어도 인간은 이 환상을 품고 위안 삼을 수 있다….

아킬레우스는 운명과 자유라는 이중의 인과관계를 완벽히 구현한 인물이다. 그는 자신이 곧 죽을 것을 안다. 그의 어머니가 미리 알려주었기 때문이다. 또한, 그는 이 나라에서 죽음을 맞는 것이 자신의 운명임을 잘 안다.

그럼에도 그에게는 선택의 여지가 있다. 그는 자기 배를 타고 집으로 돌아갈 수 있을 것이다. 그는 파트로클로스가 죽을 때까지는 전투를 거부한다. 그러다 전투에 달려든다.

그는 헥토르를 죽이면서 자신도 죽으리라는 걸 안다. 테티스가 그렇게 말해주었기 때문이다. 그럼에도 그는 전장으로 달려가고, 광기 속에 뛰어들어 탄식을 흩뿌린다. 신들이 그를 멈춰 세우려 하지만 그는 결국 망령이 되어 지옥에 떨어진다.

이렇게 자기 운명을 향해 가기를 바라는 영웅이 있다. **모든 것을 무릅쓰고 기필코** 운명을 향해 가는 것이다.

피할 길 없는 것을 향해 걸어가는 것이 자유가 될 수도 있다. 이런 감수를 자유의 표현으로 여기는 것이 현대의 유목민들에게는 음울해 보일지 모르겠다. 개인적 자율성을 높이 떠받드는 우리의 정신에 그런 태도는 낯설어 보인다.

그러나 그것은 대단히 아름다운 생각이다. 어쨌든 우리는 죽을 것이기 때문이다. 날짜나 시간은 몰라도 장막이 내려지리라는 건 안다. 그렇다고 그것 때문에 우리가 춤 속으로 들어가지 못하는가?

호메로스와 함께하는 여름

신들의 결론

《오디세이아》 도입부에서 제우스는 한자리에 모인 신들 앞에서 이야기한다. 그는 아가멤논을 죽인 아이기스토스를 단죄한다. 훗날 아가멤논의 아들 오레스트가 아이기스토스를 제거해 복수할 것이다. 제우스는 인간들에게 주어진 자유와 운명의 방정식을 몇 마디 말로 묘사한다.

저런! 인간들이 신들을 어떻게 판단하는지 좀 보시오!

저들은 재앙이 우리에게서 비롯된다고 하지만,

사실은 저들 자신이 격분해서 저지른 일이 불행을 불러오는 거요.

아이기스토스만 해도 운명을 거스르고 아가멤논의 아내를 빼앗고, 귀환하는 아가멤논을 죽이기까지 했소!

그 대가로 죽음이 기다리고 있을 줄 알면서.

우리가 훌륭한 감시꾼인 헤르메스를 보내 미리 일러주었으
니 말이오.

오레스테스가 장성해 고향 땅을 그리워하게 되면

자기 아버지를 살해한 데 대해 복수하려 할 터이니

아가멤논을 죽이지도, 그의 아내를 취하지도 말라고 일렀지요.

하지만 헤르메스의 이런 호의적인 말도 아이기스토스의 마음

을 돌리지 못했고, 결국 그는 엄청난 대가를 치르게 되었소!

빛나는 눈을 가진 여신 아테나가 대답했다.

…………

오디세우스를 생각하면 내 가슴이 찢어져요,

그 불운한 이는 참으로 오랫동안 가족들과 떨어져

…………

혹시 바로 그 오디세우스가 트로이 평원

그리스 함선들 옆에서 제물을 바쳐

그대에게 경배드리지 않았던가요?

《오디세이아》, 1편, 32~62

요컨대 우리가 제우스의 말을 올림포스 언어가 아닌
언어로 해석해본다면(겸손하자!) 인간에게는 선택권이

호메로스와 함께하는 여름

있어 보인다.

인간은 언제나 신들을 탓한다—인간에게는 편리한 일이다. 인간은 스스로 길을 선택할 수도 있지만 책임을 전가하는 편을 선호한다.

때때로 인간은 가야 할 길을 알려주는 신의 도움을 받는다—헤르메르가 그랬듯이.

지나침은 그를 파멸로 이끈다. 그렇지만 그는 자제할 자유가 있다. 그는 완고한 신의 노리개가 아니라 자기 자신의 희생자일 뿐이다. 이제 그는 자신의 무절제한 행동에 대한 대가를 치러야 한다.

그러나 이 불행에도 출구는 있다. 분별력, 선한 삶의 추구, 균형, 절제(제우스는 살인하지 마라, 남의 여자를 탐하지 마라 등 십계명과 유사한 말로 환기한다!).

아테나가 개입한다. 삶을 바로잡는 큰 문제에 대답할 책무는 오디세우스에게 돌아갈 것이다. 덴마크 헬싱외르의 성벽 위를 떠올려보자. 햄릿이 그곳을 배회하며 말한다. "시간의 빗장이 어긋났고, 나는 그걸 바로잡으러 태어났다!" 이것이 바로 오디세우스의 임무다.

오디세우스는 제우스가 인간에 대해 한 묘사에 자신

을 맞춘다. 그는 신의 분노를 불러왔다―이 경우는 포세이돈의 분노다. 그는 함정이 즐비한 길에서 자기 잘못의 대가를 치를 테고 《오디세이아》는 그의 사면장이 될 것이다. 길 끝에 어쩌면 보상이 있을지 모른다.

그가 세운 당장의 목표는 구혼자들이 약탈하고 있는 자신의 왕궁을 되찾는 것이다.

오직 오디세우스만이 자신이 망가뜨린 것을 바로잡을 수 있을 것이다.

오직 오디세우스만이 자신의 무절제를 지울 것이다.

오직 오디세우스만이 세상을 **다시 칠할** 수 있을 것이다.

오직 "인내심 많은 오디세우스"만이 앞에서 사용하면서 훼손한 자유를 누릴 자격을 얻을 것이다.

이제 그에게는 자신이 자유로운 존재임을 보여주려고 시도할 자유가 있다.

전쟁,
우리의 어머니

"인간에게 죽이는 것보다 더 자연스러운 일은 없다." 올림포스 산 꼭대기에서 떨어진 신의 흐느낌 같은 이 문장은 시몬 베유Simone Weil가 쓴 것이다. 이 여성 철학자는 《일리아스》를 '힘의 시poème de la force'라고 불렀다.

다른 주제들도 이 시를 관통하고 있다고 그녀에게 응수할 수도 있을 것이다. 연민, 삶의 달콤함, 우정, 향수鄕愁, 의리, 사랑 등.

그러나 시몬 베유는 나치의 침략이 한창이던 1939~1940년에 《일리아스》에 관한 글을 썼다. 유럽의 길마다 울리던 군화 소리가 모든 독서를 공포에 떨게 하던 시절이었다.

그녀의 감정은 우리에게 한 가지 확실한 사실을 보여준다(호메로스라도 이것을 부인하지 않았을 것이다). 전쟁이 우리의 중대 사업이라는 것. 어쩌면 전쟁은 우리의 가장 오래되고 영원한 사업일지 모른다. 잠든 줄 알았던 전쟁이 깨어나고 있다. 평화의 잿더미 아래 잔불이 살아 있다. 세계적인 전쟁은 이제 '진짜 진짜 마지막'일 거라고 생각하는 건 아마도 전선으로 향하는 길에 나선 풋내기 신병들, 희망을 확신으로 여기고 호메로스의 섬광 같은 말들을 충분히 읽지 않는 죄를 범한 풋내기 신병들의 바람일 것이다.

호메로스와 함께하는 여름

인간들은 전쟁을 원치 않는다!

《일리아스》도입부에서 인간들은 전쟁을 원치 않는다. 바다를 건너온 그리스인들은 전장에서 9년을 보낸 뒤 집으로 돌아가기를 갈망한다.

본국에서 떨어져 지내는 모든 병사들이 그렇듯이, 그들의 열정도 시간에 갉아먹혔다.

전사들은 고향집을 꿈꾼다.

병사의 밤보다 더 우수 어린 것은 없다. 나폴레옹도 그걸 알고 야영하는 부하들에게 꿈이 뭐냐고 물어가며 전투를 준비했다고 한다.

아가멤논조차 인정한다. 트로이 원정은 실패였다. 귀환을 생각해야 할 것이다.《일리아스》의 첫 시구들은 고국으로 돌아가려는 그리스 왕의 갈망을 담고 있다.

아홉 해가 흘렀다, 위대한 제우스의 아홉 해.

배의 목재가 썩고 밧줄이 끊어진다.

우리의 아내와 어린 자식들은 집에서 우리가 오길

학수고대하건만, 우리가 이곳에 온 목적을

달성하기란 우리의 능력을 넘어서는 일.

그러니 모두 내 명령을 따르라!

이제 배를 타고 사랑하는 고향 땅으로 돌아가자!

드넓은 트로이를 함락하기를 더는 바라지 말자.

《일리아스》, 2편, 134~141

이것은 초반부의 노래다. 그러나 이런 평화에 대한 바람에도 불구하고, 곧 피가 흐르고 울부짖음이 금속 부딪치는 소리를 뒤덮을 것이다.

신들보다 덜 경망스러운 인간들은 당장은 학살을 피하려고 애쓴다.

외교적 수단이 시도된다.

외교관들의 요란한 몸짓이야말로 전쟁 전야를 말해주는 가장 믿을 만한 신호가 아니던가? 대사들의 알랑거림이 커질수록 비극이 임박했다는 뜻이다.

첫 노래들에서는 아직 타협의 시간이 이어진다.

호메로스와 함께하는 여름

헥토르는 동생 파리스가 메넬라오스와 결투를 하도록 압박한다. 이기는 사람이 헬레네를 차지할 것이며, 두 군대는 각 진영으로 돌아갈 수 있을 것이다. 이후에도 그는 피할 길 없는 전쟁을 두 전사 간의 주먹다짐으로 바꾸려고 다시 시도한다. 그는 이렇게 깨닫고 느낀다.

> 지고하신 제우스께서는 약속을 이행하지 않으시는구려.
>
> 우리 양쪽 군에 대해 끔찍한 계획을 품으시고,
>
> 그대들이 굳건한 도시 트로이를 함락하거나
>
> 혹은 파도를 가르는 함선들 옆에서 쓰러질 때까지
>
> 끝장을 보기로 결정하셨음이 분명하오.

《일리아스》, 7편, 69~72

그는 전쟁을 피하기 위해 그리스 전사 한 명이 와서 그에게 도전할 것을 제안한다.

이 평화적인 해결책은 인간들에게는 아득한 태곳적 꿈이다. 대규모 전쟁을 우두머리들의 대결로 대체하는 것. 권력자들이 링 위에서 일대일로 대결함으로써 갈등이 커지지 않도록 막는 것 말이다. 각 상대는 자기 백성 수백만 명을 대표할 것이다. 그것은 대표 권력을 부여받은 거인들의 대결이 될 것이다.

이것은 결국 무장폭동의 원리이기도 하다. 왕이나 대통령을 왕궁(대통령궁)에서 끌어내고 몇몇 배신자들만 잡으면 군중은 안정된다.

알렉산드로스와 나폴레옹이 일찍이 증인들 앞에서 칼로 싸웠다면 얼마나 많은 피를 절약했을지 상상해보라. 또 독일제국의 황제와 프랑스의 클레망소[58]가 샹드마르스에서 대적했다면 어땠을까?

오늘날 터키의 대통령 에르도안이 메르켈 총리와 레슬링으로 대결한다면? 고대 그리스인들에게 결투라는 해결책은 경건한 소원이고, 극적인 꿈이며, 달콤한 환상이다. 신들이 인간의 피를 갈망하며 매복해서 기다리기 때문이다.

요컨대 금발의 메넬라오스는 아름다운 파리스와 결투를 할 수도 있었을 것이다. 그것으로 헬레네의 운명

---

58 조르주 클레망소Georges Clemenceau(1841~1929). 프랑스의 정치가이자 언론인. 1차 세계대전에서 프랑스를 승리로 이끌었다.

호메로스와 함께하는 여름

을 결판낼 수 있었을 것이다.

게다가 전투도 결코 모양 빠지지 않았을 것이다! 크리스토퍼 놀란 감독도 그 대결을 소재로 기막힌 영화를 만들었을 텐데.

《일리아스》 초반부에서 인간들이 보여준 의도는 칭찬할 만하지 않은가? 인간들은 전쟁에 지쳤다. 곧 신들도 인간들처럼 변해가는 걸 보게 된다.

《일리아스》와《오디세이아》는 좌절에서 벗어나려는 시도들이다.

전쟁, 우리의 어머니

아가멤논은 대결의 대원칙들을 이렇게 제시한다.

만약 알렉산드로스가 싸워서 메넬라오스를 죽이거든,

그가 헬레네와 그녀의 보물을 모두 차지하게 하시오.

우리는 파도를 가르는 함선들을 타고 떠나

멋진 말들이 많은 아르고스로, 여자들이 많은 아카이아로 가

겠소!

그러나 만약 금발의 메넬라오스가 알렉산드로스를 죽이거든,

그때는 트로이인들이 헬레네와 그녀의 보물을 모두 우리에

게 돌려주어야 하오.

《일리아스》, 3편, 281~285

이 해결책이 성사되었다면 엄청난 피가 절약되었을
것이다! 그러나 신들이 전쟁을 좋아한다는 사실을 잊

지 말아야 한다. 신들은 조금 조잡한 계략으로 인간들 사이의 협정을 깨뜨릴 것이다.

이후 군대가 충돌할 때마다 어떤 신이 군대 뒤에 매복해서 격정을 북돋우고 싸움을 부추기며 조종하고 있을 것이다. 호메로스는 헥토르가 이끄는 트로이의 공격을 묘사하기 위해, 제우스가 인간들을 "부추겨 싸움터로 내몰았다"라고 서슴지 않고 말한다. 엄청난 고백이다!

제우스가 그들을 부추겨 싸움터로 내몰았다.

그리하여 그들은 무시무시한 돌풍처럼 나아갔다.

돌풍은 아버지 제우스의 천둥 아래 평원에 불어닥쳐

무시무시한 굉음을 내며 바다와 뒤섞였다.

흰 거품을 이고 수없이 몰려드는 노호한 물결이

더러는 앞에서 더러는 뒤에서 솟구쳤다.

트로이군은 꼭 그렇게 더러는 앞에서 더러는 뒤에서

대열을 이루고 청동을 번쩍이며 지휘자들을 뒤따랐다.

《일리아스》, 13편, 794~801

나의 어머니는 냉전 시대 동안 이런 소련의 노래를 나에게 불러주곤 했다. "러시아인들은 전쟁을 원치 않는다."

하지만 신들은 러시아인이 아니어서 전쟁을 좋아하고 전쟁을 원한다. 그들은 인간들이 전쟁을 하도록 부추긴다. 통치하기 위해 편을 가른다.

불행도 때론 행복이다, 라는 대중속담도 있잖나.

신─어제는 올림포스의 신, 오늘날에는 정치적 신─들은 전쟁의 잔해 위에서 번영한다. 폐허는 그들의 옥토다. 석유를 지배하는 몇몇 집단이 동양의 집단적 무질서에서 사적 이득을 보고 있다고 말하면 부적절할까?

일단 신들이 시작한 이상 전쟁은 마구 폭주해서 아무도 멈출 수 없게 된다. 팔팔 살아 날뛰는 힘이 된다.

인간들이여! 우리 안에 잠들어 있는 폭력을 풀어놓지 말아야 한다.

그랬다가는 무엇으로도 잠재우지 못할 광기를 일깨우게 되기 때문이다. 전쟁은 독자적인 괴물로 변한다.

여기서 우리는 시몬 베유의 주장을 뒤집을 수 있을

호메로스와 함께하는 여름

것이다. 《일리아스》는 분명 힘의 시詩지만 나약함의 시이기도 하다.

《일리아스》 안에서 작동하는 힘, 검들의 충돌과 군대의 쇄도는 허술한 점 하나를 감추고 있다…. 전쟁을 부추기는 신들을 마주한 인간의 나약함. 전사의 운명에서 벗어나지 못하는, 선량한 삶에 몰두하기에는 부적합한, 언제나 재앙을 향해 걸어가도록 선고받은 인간의 비겁함 말이다. "투쟁은 만물의 아버지다." 헤라클레이토스의 이 말에 무엇으로 반박하겠는가. 발자크가 《현대의 흥분제들에 관한 개론Traité des excitants modernes》에서 인용한 황제의 말은 한술 더 뜬다. "전쟁은 자연상태다."

인간이 궁지에서 벗어날 방법은 오직 하나뿐이다. 영웅심. 전쟁은 개별 가치를 그려낼 평범한 바탕천일 뿐이다.

개인들은 전장으로 나가 자신을 드러낼 기회를 포착한다. 결투, 활약(개인이 이뤄낸 위업들의 목록), 격려, 연설, 필사적인 행동, 야성적 돌격은 호메로스가 빠뜨리지 않고 묘사하는 개인적 가치를 지닌 위업들이다.

고대의 고결한 생각은 곳곳에서, 특히 전투의 혼전 속에서 덕성을 빛나게 할 기회를 찾는다. 미셸 데옹 Michel Déon[59]은 《스페체스의 발코니Le Balcon de Spetsai》에 이렇게 썼다. "덕성, 지성, 용기, 아름다움과 기품의 승리, 이것이 그리스의 참된 명예다."

---

[59] 1919~2016. 프랑스의 문인·극작가.

피할 길 없는 싸움

인간들에게는 싸우는 방법 외엔 달리 출구가 없다. 《일리아스》는 숙명의 시를 닮았다. 호메로스가 보는 인간사회는 만나기만 하면 대결로 치닫는다. 그것이 그들의 운명이고 숙명이다. 늙은 시인의 생각이 옳다. 역사가 끈질기게 그 증거를 보여주고 있다. 적의는 언제나 인간들이 관계를 맺는 흔한 방식이었다. 평화는 분쟁 사이의 짧은 막간을 차지할 뿐이다.

플라톤은 《법률》에서 말했다. "평화는 한낱 말일 뿐이다."

호메로스의 노래들은 산다는 건 죽이는 것이라고 응답한다. 목표에 다다르는 방법으로 폭력을 제시하는 호메로스의 이 전시에는 다원의 차원이 존재한다. 명예, 부, 명성, 여자를 찾는 일, 고국에 이르는 것, 부자가 되고, 복수하고, 모욕당한 명예를 복구하는 것. 그리스인들이 좋는 이 모든 것이 그들을 싸움으로 이끈다. 겨우 길든 사나운 맹수인 인간은 그것밖에 할 줄 모른다. 2,500년 전에 그랬듯이 인간은 오늘날에도 오직 그것을, 싸우기만을 갈망한다.

《일리아스》에 이어 《오디세이아》는 그래도 빠져나갈 출구를 제공할 것이다. 전장에서 달아나서 자기 집으로 돌아가 악몽을 잊고 피로 뒤덮인 질서 속에 다시 편입됨으로써 우주에 가해진 상처를 치유하도록. 그러나 독자들이여! 당신이 당신의 고향 마을 리레[60]를, 그리고 연기 나는 초가집을 되찾는다 해도 전쟁이 다시 불붙을 수 있다는 걸 잊지 마라. 《오디세이아》 말미에서도 전쟁은 다시 발발할 뻔한다. 제우스는 아테나에게 지속 가능한 협약을 맺으라고 청한다. 평화가 버텨주길, 그 달콤한 유예기간을 우리가 최대한 누리길 바라는 일만 남았다.

《일리아스》에서 전쟁은 신들을 진력나게 하고, 크산토스 강을 격노케 하며, 인간들을 지치게 한다. 참으로

60 프랑스 멘에루아르 도道의 마을.

호메로스와 함께하는 여름

기이한 폭군이다. 전쟁은 우리의 의사는 아랑곳하지 않고 우리를 지배한다. 우리는 전쟁을 증오하면서도 부른다. 아무도 전쟁을 원치 않지만, 우리는 전쟁이 다시 발발할 조건을 만든다.

아폴리네르만이 전쟁을 아름답다고 여겼고, 강철 소나기가 쏟아지는 무시무시한 광채 속에서 광적인 창작의 불꽃을 탐지했다. 그러나 《알코올Alcools》을 쓴 이 시인의 세계에는 절망의 심연이 있고, 그의 폐허 정원에는 포탄의 꽃들이 반짝인다.

전쟁은 가장 먼저 아킬레우스를 짓누른다.

이 불화가 신들과 인간들 사이에서 사라지기를!
누구보다 분별 있는 사람도 악하게 만드는 분노는
뚝뚝 떨어지는 꿀보다 달콤해서
인간들의 가슴속에서 연기처럼 커지는 법이니.

《일리아스》, 18편, 107~110

그리고 전쟁은 호메로스를 비탄에 빠뜨린다.

죽음의 분노는 그리스인들에게 고통을 안겨주었고,

숱한 전사들의 거친 혼백을 하데스에게 보냈으며,

전사들의 시신을 개와 새들에게 먹이로 던져주었다.

《일리아스》, 1편, 2-5

그러나 레닌이 죽음의 침상에서 말했듯이, 어쩌겠으며 죄를 누구에게 묻겠는가. 아무도 원치 않지만 닥쳐올 무언가에 맞서서 뭘 어쩌겠는가?

신들은 전쟁을 원했다. 인간들은 전쟁을 벌이도록 생겨먹었다. 달리 무슨 일이 일어날 수 있겠는가? 트로이는 몰락할 운명이었다. 《일리아스》는 피할 길 없는 것의 지진계이다.

이 폭력의 페이지들에는 한 가지 위안이 있다. 고대의 적들은 언제나 서로를 존중한다는 것이다. 물론 창이 날아다니는 가운데 욕설이 튀어나오기도 하지만 병사들은 증오심 없이 대적한다. 고대의 전쟁은 거품을 물지 않는 시합이다. 폭력이 과격하지만 고문은 없다. 헥토르의 시신은 아킬레우스에 의해 훼손되지만, 살아 있는 어떤 몸도 더럽혀지지 않는다. 용자들끼리 전사의 몸짓으로 서로를 죽일 뿐이다. 불행 속에서 어떻게 이런 위대함이 가능할까?

그것은 전쟁의 이유가 이데올로기적이지도 정치적이지도 않고, 종교적이거나 도덕적이지도 않기 때문이다. 고대 영웅들의 연설보다 우리네 국회의원들의 내분에 더 큰 증오가 있다.

모든 '청원자'들은 동일한 신들에게 고마워한다. 그리스인들이나 트로이인들에게는 어떤 교리나 어떤 우상을 강요하거나 사람들의 영혼을 정복하려는 의사가 전혀 없다. 그때는 종교전쟁의 시기가 아니다. 자신의 우화를 굳게 믿는 인간이 그것을 강요하려는 시기가 아니다. 심지어 《일리아스》의 전쟁은 영토 전쟁조차 아니다.

오직 명예를 바로잡으려는, 그리고 영웅적으로 행동하려는 절대적 책무만이 지배한다.

즉자적 짐승

트로이군이 그리스군에 맞서 돌격한 이후 여러 세대가 그들의 머리 위로 폭우가 몰려드는 것을 느꼈다.

신경을 쇠약하게 만드는 이 자성磁性 띤 긴장은 전쟁 전야라고 불린다. 별안간 하늘이 가죽 부대가 터지듯 폭발한다. 물결이 인다. 그걸 누가 막을까?

20세기에 여러 문인이 이 전조를 묘사했다. 외된 폰 호르바트Ödön von Horváth[61]는 《신 없는 청춘》에서, 미클로스 반피Miklós Bánffy[62]는 《바람이 그대를 실어가길》에서. 병사들도 작가들과 마찬가지로 틀리지 않았다. 〈프랑스 제1특공대의 행진〉의 가사는 이렇게 노래한다. "노호하는 저 폭풍우는 무엇일까? 하늘의 저 신호는 무엇일까?" 그리고 털어놓아도 될까? 나는 티노스 섬의 흰

---

61 1901~1938, 오스트리아의 소설가.
62 1873~1950, 헝가리의 정치인·작가.

호메로스와 함께하는 여름

테라스에서 《일리아스》를 다시 읽으며 세상을 뒤흔드는 사건들을 생각했다. 극동부터 중국해까지 세계 곳곳에서 사악한 열기가 솟아오르고 있다. 서로 연결된 100억의 인간들이 곧 서로 시기하게 될 것이다. 나는 뇌우를 예고하는 긴장이 고조되는 걸 느꼈다. 검이 배를 가르듯 전쟁 발발로 팽팽한 긴장의 막이 터질 것만 같다.

《일리아스》에서는 몇 편의 설명이 끝난 뒤 전쟁이 시작된다. 전쟁은 흉측한 짐승처럼 스스로의 힘으로, 제 회전축을 굴려서 불쑥 나타난다.

철학자들처럼 말하자면 전쟁은 '자기성自己性을 지닌', 다시 말해 **즉자적 실체**다.

사건이나 열정 등 모든 것을 의인화하는 그리스 사람들의 성향에 따라 전쟁은 프랑켄슈타인 같은 피조물로 둔갑한다.

신들은 인간의 실험실에 괴물 하나를 풀었다. 전쟁은 신들의 손에서 빠져나와 인간들을 앞질러 간다. 아킬레우스가 분노를 강바닥까지 풀어놓자 전쟁은 사람들의 정신을 점령하고 자연을 오염시켰으며, 올림포스 주민들을 열광시켰다. 그것은 돌풍이 되었다.

다른 모든 신들 위로 고통스러운 불화가 무겁게 짓눌러

그들의 심장은 이리저리 요동쳤다.

그리하여 그들은 요란하게 맞서 싸웠다.

《일리아스》, 21편, 385~387

신들조차 죽음의 춤에 뛰어들었고, 곧 싸움은 광적인 춤으로, 우주적 태풍으로 변했다.

호메로스의 천재성은 전쟁에 육신을 부여한 데 있다. 전쟁은 나라를 내달린다. 고야Goya의 거인이나 펠리시앙 롭스Félicien Rops[63]의 죽음의 신처럼 성큼성큼 들판을 유린하는 거인의 모습으로.

스탈린은 바르바로사 작전[64] 직후 어느 소련 시인에게 군대의 사기를 북돋울 노래를 지으라고 주문했다. 러시아군이 이어받은 노래 가사에는 전쟁이 완벽하게 호메로스식으로 의인화되어 있다.

고결한 분노여,

---

63 1833~1898, 벨기에의 판화가·삽화가.
64 2차 세계대전 때 나치 독일이 소비에트연방을 침공할 때 쓴 작전.

파도처럼 일어서라!

이것은 민중의 전쟁,

성스러운 전쟁이다!

호메로스는 생각이 육신으로 구현될 수 있다는 걸 안 최초의 예술가였다. 그는 충동이 물질화될 수 있음을 자신의 시로 입증해 보였다. 열정들이 사건을 창조한다. 그 반대가 아니다. 그렇게 되면 사건은 통제 불가능한 힘으로 변한다. 눈먼 시인 이후로 작가들과 사상가들도 전쟁이 자기성을 지닌 실체라는 생각에 차례로 사로잡혔다. 에른스트 윙거는 1920년대 프랑스 초현실주의자들이 경의를 표한 환각적인 텍스트 《내적 체험으로서의 전투》에서, 일단 깨어나면 통제할 수 없는 치명적인 복수의 세 여신 에리니에스를 이렇게 묘사했다. "전투가 우리의 아버지인 것만은 아니다. 우리의 아들이기도 하다. 그것이 우리를 만들었듯이 우리가 그것을 낳았다."《일리아스》에서 인간들은 전쟁을 한다. 그리고 얼마 지나자 전쟁은 육신을 취하고 생명을 얻어 인간 행세를 한다.

그렇기에 트로이 전쟁의 원인에 대해 묻는 건 공허한 일이다. 그럼에도 그 질문은 대학사회를 뒤흔든다. 제우스가 인간들을 벌하려 했던 걸까? 테티스가 전투의 원인인가? 아킬레우스만 제압하면 될까? 헬레네는 중요한 쟁점이었을까, 아니면 서사적 구실이었을까? 유럽에 맞서는 아시아의 전략적 압력에 대한 우화로 보아야 할까? 프리아모스와 아가멤논 사이의 단순한 권력 전쟁일까? 뱃사람들과 정착민들 사이의 영원한 갈등일까? 주석가들의 전례 속에는 심지어 제우스가 성가셔진 수천 명의 인간을 지구 표면에서 제거함으로써 가이아의 환심을 사고자 했다는 이론까지 존재한다. 이 궤변들은 아주 재미있어서 기삿거리가 되기도 했다. 그러나 결국 공허한 궤변들이다.

사람들이 죽어가는 평원을 성큼성큼 걷는 고야의 거인 이미지를 잊지 말자.

전쟁은 인간의 동반자다. 그것은 영원한 그림자처럼, 길목을 지키는 개처럼 우리의 행성을 배회한다.

전쟁은 목이 마른데, 무엇으로도 그 갈증을 해소해주지 못할 것이다. 인간은 그 갈증을 가라앉히기 위해

호메로스와 함께하는 여름

언제나 기꺼이 나설 것이다. 요컨대 트로이 전쟁이 일어난 건 무엇으로도 그것을 막을 수 없었기 때문이다. 그 전쟁만 일어난 게 아니라 트로이 같은 또 다른 전쟁들도 계속 일어날 것이다.

시 초반부에 아테나는 사기가 저하된 그리스군 사이를 돌아다닌다. 그녀는 열정을 자극하고 싶어한다. 그리고 호메로스는 다음의 끔찍한 사실을 확인해준다.

> 여신은 그리스인들 사이를 누비고 다니며 병사 한 사람 한 사람을 자극했다.
> 그렇게 저마다의 마음속에 큰 힘을 불어넣어,
> 그들이 싸움을 계속할 수 있게 부추겼다.
> 그러자 별안간 그들 마음엔 텅 빈 함선을 타고 선조들의 땅으로
> 돌아가는 것보다 전쟁이 더 달콤하게 느껴졌다.
>
> 《일리아스》, 2편, 450~454

통찰력의 시인 호메로스. 통찰력은 우리 자신에 대한 믿음을 잃지 않으려면 결코 들여다보지 말아야 할 자물쇠의 구멍을 파고든다.

록-오페라

호메로스는 《《손자병법》을 쓴 손자孫子의 허를 찌르며) 전문가처럼 전쟁기술을 묘사했다. 그 기술을 '이중의 병법'이라고 부를 수 있을 것이다. 순수한 힘의 기술과 묘책의 기술을 합친 병법.

혹은 달리 말하자면, 1944년 아르덴 지방을 전차부대로 공격한 패튼 장군의 전쟁과 능수능란한 술책을 이용하는 교활한 탈레랑의 전쟁이 있는 것이다!

아킬레우스는 야성적인 힘을 구현한다. 헥토르와 오디세우스는 힘에 책략과 지성이라는 덕목을 겸비했다.

호메로스는 전쟁의 광대한 진폭을 고스란히 묘사한다. 전투의 소란, 신들의 고함소리, 떠들썩한 군사작전이 페이지마다 쩌렁쩌렁 울린다. 《일리아스》는 마치 록-오페라 같다!

호메로스는 촬영장에 단역들을 배치하고 의자에 앉

호메로스와 함께하는 여름

아 "레디!"라고 외치기 직전의 영화감독을 닮았다. 할리우드 대군단의 온갖 노력도 호메로스의 영원한 시구 몇 구절과 경쟁하지 못할 것이다.

때로는 원경촬영이 이루어진다. 호메로스는 무대를 굽어본다. 군대들이 무리 지어 맞붙고, 시선은 높아져서 올림포스의 높이에서 인간들의 움직임을 지켜본다.

신들은 책사로서 높은 곳에 자리하고 있다. 이브 라코스트Yves Lacoste[65]는 《정치의 풍경Paysages politiques》에서 호전적인 신들의 지리를 이렇게 해설한다. "풍경을 볼 수 있는 장소 가운데 전망이 가장 아름다운 장소는 군사적·전술적 고찰로 볼 때 거의 언제나 가장 흥미로운 장소이다."

인간적 차원에서는 나폴레옹이 작전 전개를 관찰하던 전장의 언덕이 그런 장소에 해당한다.

호메로스는 난전에 몽상적인 이미지를 덧붙인다. 카메라 뒤에 구로사와 아키라黒澤明나 〈씬 레드 라인Thin Red Line〉의 테런스 맬릭 감독이 필요할 것이다.

---

65 1929~. 프랑스 지리학자이자 지정학자.

날랜 함선들에서 그리스군이 쏟아져나왔다.

마치 맑은 대기에 북풍이 몰아치는 가운데

제우스의 차가운 눈송이가 쏟아질 때처럼,

번쩍이는 투구와 불룩한 방패와 튼튼한 갑옷과

물푸레나무 창들이 함선들에서 수없이 쏟아져나왔다.

광채가 하늘을 찔렀다.

온 대지가 청동 부딪치는 소란 아래 환히 웃었고,

전진하는 전사들의 발밑에서는 굉음이 일었다.

《일리아스》, 19편, 356~364

갑자기 근접촬영으로 바뀌면서 시인의 **눈─카메라**
라고 해야 할 것이다─이 다가오고, 성난 영웅들이 미
친 듯이 싸운다. 성난 결투자들이다. 리들리 스콧Ridley
Scott 감독이 지휘하고, 세르지오 레오네Sergio Leone 감
독은 거리를 두고 이 모든 것을 냉소적으로 지켜본다.
장면은 35밀리미터 필름으로 촬영된다.

아가멤논이

사자처럼 덤벼든다.

호메로스와 함께하는 여름

....

그가 창으로 페이산드로스의 상체를 쳐서 전차에서 밀자,

그자는 모래밭에 벌렁 나자빠졌다.

히폴로코스가 달아나자 아가멤논은 그자도 바닥에 쓰러뜨려 죽이고

두 팔과 목을 칼로 벤 뒤 몸뚱이를 발로 걷어차

병사들 한가운데로 절구처럼 굴렸다.

《일리아스》, 11편, 129~147

독자—차라리 **관객**이라고 해야 할 것이다—는 더 가까이 다가와 근접촬영된 장면을 보고 질겁한다. 꼭 피터 잭슨Peter Jackson 감독의 촬영팀이나 〈왕좌의 게임〉의 너드들이 우리를 충격에 빠뜨리려고 작업하는 것 같다.

하지만 호메로스는 고프로나 드론, 합성 영상보다 더 나은 것을 가졌다. 그에겐 시詩가 있었다.

이어서 그는

용감무쌍하게 전선을 지키는, 안테노르의 아들 데몰레온의

청동 면갑 달린 투구를 뚫고 관자놀이를 찔렀다.

청동 투구가 막지 못해 창끝이 투구를

곧장 뚫고 들어가 뼈를 바수니 골이 으깨졌다.

그는 달려가다 쓰러져 죽었다.

이번에는 전차에서 뛰어내려 냅다 달아나던

히포다마스가 아킬레우스가 쏜 창을 등에 맞았다.

그는 청년들이 대지를 뒤흔드는 신을 기쁘게 하려고

헬리케에게로 끌고 가는 황소처럼 울부짖으며

숨을 거두었다. 그가 노호하는 동안

그의 용맹한 숨결이 그의 몸을 떠났다.

《일리아스》, 20편, 395~406

아니다, 기욤 아폴리네르! 아니다, 에른스트 윙거!
우리는 전쟁을 알지 못하지만 결코 전쟁을 아름답다고
여기지는 않을 것이다.

호메로스는 전쟁이 어쩔 수 없는 우리의 몫이라고
강력히 밀어붙인다.

우리는 전쟁의 숨결에서 결코 벗어나지 못할 것이
며, 오늘날 전쟁의 불씨―중동에서, 태평양에서, 도네

호메로스와 함께하는 여름

츠 평원에서 일어나는―는 더없이 평범한 것의 가장 오래된 메아리다.

《일리아스》는 전쟁의 시이기 때문에 시사성이 있다. 2,500년이 흘렀어도 피의 갈증은 여전히 펄떡이고 있다. 무기만 변했을 뿐이다. 진보란 인간이 자신의 파괴력을 키우는 능력이다.

전쟁의 흐느낌은 고갈되지 않을 것이다. 그것은 지평선 너머로 달려간다. 우리는 그걸 깨달아야 한다. 평화를 누리려면 서둘러야 할 것이다. 우리는 헥토르가 자기 아들이 자라는 걸 보지 못하리라는 사실을 기억해야 할 것이다. 우리는 평화가 우리의 자식을 무릎 위에 앉히도록 허락해주는 매 순간을 축복해야 할 것이다.

평화는 기이한 보물처럼 보인다. 가지고 있을 때는 소홀히 하고 잃어버리고 나면 아쉬워하는 보물 같다.

《일리아스》는 사라진 평화에 대한 음각 시다. 평화는 인류의 자연적 환경이 아니다. 세계 평화라는 계획은 철학자의 구상에 불과하다. 그 구상은 청동기의 검들이 날을 세우는 동안, 드론 시대의 규소로 반도체 칩을 준비하는 동안 사변적 성城을 쌓아올리게 해준다.

호메로스를 읽고, 평화의 결실을 누리고, 지상에서 10년이 흐르는 사이 이따금 몇몇 운 좋은 이들에게 주어지는 짧은 키스를 만끽하자.

히브리스
또는
미친 암캐

왜 멋진 그림을 망치려 들까?

나는 모든 백성이 즐거워하는 것보다

더 나은 삶은 없다고 생각하오.

사람들이 나란히 모여 앉아 가인에게 귀 기울이고,

그들 앞에 놓인 식탁에는 빵과 고기가 그득하고,

술 따르는 이는 큰 동이에서 술을 퍼

잔마다 따르고 있소.

내가 보기에는 이것이 가장 아름다운 광경 같소.

《오디세이아》, 9편, 5~11

이것은 오디세우스가 파이아케스인들에게 털어놓은
속마음이다. 나중에 그는 또 이렇게 말한다.

그리고 죽음이 나를 찾아올 거라고,

더없이 감미로운 죽음이 바다 밖에서 와서

안락한 세월에 쇠약해진 나를 데려갈 것이고

나를 둘러싼 사람들은 행복하게 살 거라고 했소.

《오디세이아》, 23편, 281~284

이것이 그리스인의 꿈이다. 전쟁과 모험이 끝나기를! "혈족 사이에서 여생을 보낼" 시간이 오기를 바라는 꿈이다.

고대인에게는 다정하고 행복한 삶보다, 겸허하게 박자 맞추고 바르게 균형 잡힌 삶보다, 자연을 본받아 세상의 절도에 맞춘 삶보다 더 가치 있는 것이 없다. 〈아웃 오브 아프리카〉의 폰 블릭센 남작부인은 이런 그리스식 설계를 아프리카 사바나로 가져가 은공Ngong의 그늘 아래에서 "달콤함, 자유로움, 유쾌함"이라는 이상을 좇았다. 트로이 평원에 불어닥친 폭력의 돌풍만 아니라면 무엇이든 좋다!

왜 인간은 기를 쓰고 달콤함을 유린하려 들까? 왜 이성을 잃고 "맹수를 닮으려" 할까?

안드로마케는 갑옷을 다시 입는 헥토르에게 그 죽음의 충동을 힐난한다.

그 분별 없는 격정이 당신을 죽일 거예요.

당신은 어린 자식과 머지않아 과부가 되고 말 이 가련한 아내가

가엾지도 않나요….

《일리아스》, 6편, 407~409

왜 우리 안의 무언가가 늘 망가질까?

때때로 그 광기는 활활 타올라 사회집단을 감염시키고 우주적으로 번진다. 고대 그리스 사람들은 이 무절제를 **히브리스**라 불렀다.

히브리스는 인간이 고삐 풀린 채 세상의 균형 속으로 뛰어드는 침입이고, 우주에 내뱉는 욕설이다.

그런 무절제로 인간은 우주 안정의 내분비계를 교란하고 미혹에 빠진다.

인간의 저주는 자기 자신에게 결코 만족하지 못한다는 데 있다. 종교철학은 이 열병을 가라앉히는 것을 임무로 삼았다. 예수는 이웃에 대한 사랑으로, 붓다는 욕망의 소멸로, 탈무드는 보편가치로. 예언자들은 조니[66]와 반대

---

66 조니 할리데이Johnny Hallyday(1943~2017). 프랑스의 록가수. 〈불을 붙여라!Allumer le feu!〉라는 제목의 노래가 있다.

로 단 하나의 목표만 갖고 있다. 불을 끄는 것.

호메로스에게 추락이란 낙원에서 떨어지는 인간의 추락이 아니라 이상적으로 정돈된 낙원의 전복이다.

우리 가운데 누가 자기 정원을 가꾸려는 욕망과 모험의 아가리 속으로 뛰어들려는 욕망 사이에서 갈등하지 않는가?

호메로스와 함께하는 여름

야수의 나날

열정의 고삐를 바짝 죄는 것을 잊을 때 우리는 히브리스 속으로 곤두박질 친다.

"내가 어리석어 백성들에게 파멸을 안겨주었으니"《일리아스》, 22편, 104)라고 헥토르는 털어놓는다. 트로이 평원에서는 전사가 자제심을 잃고 파괴를 일삼는 일이 종종 일어난다.

그럴 때면 신들의 분노가 폭발한다. 눈에 띄게 나약한 존재인 신들은 모든 걸 용서해도 무절제만큼은 용서하지 못하는데, 때때로 그 무절제를 자신들이 초래했을지라도 그렇다.

히브리스가 전사 영웅들을 차례로 사로잡는다. 그것은 액체처럼 인간들 사이를 떠돌다가 전염성을 지닌 독소처럼 그들 안으로 스며든다. 그것은 로시니의 〈세비야의 이발사〉 속 소문처럼 불행을 꼬리에 물고 달려간다.

그리스인이건 트로이인이건 전사들은 서로에게 그 병을 옮긴다. 요즘 식으로 말하자면 퓨즈가 끊어진다. 그러면 무엇으로도 그들을 멈춰 세울 수가 없다.

한창 전투 중인 메넬라오스는 히브리스에 대한 자신의 정의를 내놓는다.

너희들이 아무리 혈기 넘쳐도 언젠가는 전쟁을 그만두게 되리라.

아버지 제우스여! 당신은 지혜에서 인간이건 신이건 모두를 능가한다고 들었습니다. 모든 일이 당신으로부터 비롯되고 끝납니다.

그런데 어찌하여 당신은 수치심 모르는 트로이인들에게 호의를 베푸십니까! 저들은 격정을 다스릴 줄 모르고 한결같은 전쟁의 혼란에도 물릴 줄 모르는 자들입니다. 모든 일에는 싫증이 찾아옵니다. 잠에도, 사랑에도, 달콤한 노래에도, 그리고 즐거운 춤에도. 이런 것들은 전쟁보다 훨씬 더 오래 즐기고 싶은 것인데도 말입니다. 그러나 저 트로이인들은 전투에도 물리지 않는 자들입니다!

《일리아스》, 13편, 630~639

호메로스와 함께하는 여름

아킬레우스는 히브리스의 절정을 구현한다. 트로이에서 그는 처음엔 아가멤논에게 수모를 당하고 전투에서 물러났다. 그는 전투에 합세해달라고 부탁하러 찾아온 오디세우스를 돌려보낸다. 그러나 친구 파트로클레스가 죽자 그는 마음을 바꾼다. 그가 자기 안의 악마들을 풀자 그의 분노는 광기로 변한다.

트로이 평원에 피바람이 몰아친다. 시대에 맞지 않는 기독교 용어를 쓰자면, 마귀 들림이 작동했다고 말할 수 있을 것이다. 아킬레우스의 분노는 올림포스의 신들까지 질겁하게 만든다.

> 신과 같은 영웅이 강변 덤불 숲에 창을 내려놓고
> 칼만 든 채 강물 속으로 신처럼 뛰어들어
> 마음속으로 비참한 일을 획책하며 좌충우돌
> 닥치는 대로 휘두르니, 그의 칼에 맞은 자들의 비통한 오열이
> 울려 퍼졌고 강물은 피로 붉게 물들었다.

《일리아스》, 21편, 17~21

아킬레우스는 아이들까지 죽이고, 애원하는 소리에

조금도 귀 기울이지 않고 말살하고, 목을 조르고 잘랐다. 히브리스는 돌아오지 않는 강, 오직 신들만이 막을 수 있을 피의 강이다. 아킬레우스의 무절제한 분노는 결국 신들을 격노하게 만든다.

그리스 사람들은 신들린 전사가 자기 팔의 움직임을 멈추지 못하고 끔찍한 전과戰果를 이뤄내는 이런 일화들을 '아리스티aristie'라고 불렀다. 호메로스는 신들린 전사들의 아리스티 장면을 종종 그린다.

디오메데스, 파트로클로스, 메넬라오스, 아가멤논의 아리스티들이 마취제 같은 플래시 장면으로 시를 관통하고 있다. 불의 홍수, 불과 피의 홍수가 병사들을 덮친다. 현대의 독자는 프랜시스 코폴라Francis Coppola 감독의 〈지옥의 묵시록〉에서 미 공군의 UH-1 '휴이' 전투 헬리콥터들이 바그너의 〈발퀴레의 기행〉 속 금관악기들의 폭주를 배경으로 베트남의 어촌을 무차별 공격하는 장면을 떠올리지 않을 수 없다. 히브리스는 계시 이전의 묵시록이다.

디오메데스는 똑같이 맹렬한 기세로 적을 공격했다.

호메로스와 함께하는 여름

병사들을 이끄는 목자인 아스티노오스와 히페리온을 죽였는데,

한 사람은 청동 날이 달린 나무창에 가슴이 찔려 죽었고,

또 한 사람은 큰 칼이 쇄골을 쳐서 목과 어깨 사이가 쪼개졌다.

디오메데스는 그들을 버려두고

꿈 풀이하는 노인 에우리다마스의 두 아들

아바스와 폴리이도스에게 덤벼들었다.

강력한 디오메데스는 전투에 나가는 날 꿈 풀이를

해주지 않은 그 노인의 아들들을 모두 학살했다.

《일리아스》, 5편, 143~151

호메로스의 아리스티는 세계 역사에서 거듭 반복되는 오래된 노래다. 게르만 전통과 스칸디나비아 전설에 등장하는 늑대 인간 혹은 곰 인간 같은 광전사狂戰士는 지하세계의 비밀에 입문한 전사들을 뜻했다. 미르치아 엘리아데Mircea Eliade는 의식儀式이 "살육자로 만들어주는 마법적이고 종교적인 힘"을 그들에게 부여했다고 썼다.[67] 그들은 적들을 공포에 떨게 만들었다. 르

---

67 《통과의례, 의식, 비밀집단》, 1959.(一원주)

네상스 시대의 전쟁 동안 생겨난 '프랑스군의 격노furia francese'라는 표현은 프랑스 군대의 광적인 돌격을 가리킨다. 나폴레옹도 이 표현을 사용했다. 뮈라[68] 장군이 만 명의 기병들을 이끌고 에일로의 러시아군과 상대했을 때 호메로스의 이 야수들을 광전사로 트로이 평원에 풀어놓은 것 같지 않았을까?

이 군대의 열정을 반음 낮춰보자. 이 방출에는 자기 파괴적인 성향이 있지 않을까? 고대의 분노는 끝장내려는 욕망을 가리킬 수 있다. 격분한 인간은 막연히 무언가가, 신의 손이건 치명적인 화살이건 무언가가 자신을 멈춰주길 바라며 구렁텅이를 향해 길을 떠났을 것이다. 히브리스는 일종의 신화적 자살이 아닐까?

아킬레우스의 분노 속에서 우리는 온 세상을, 우주를, 인간과 원소들을 자신의 암흑 한가운데로 끌어들이려는 죽음의 충동을 진단하지 않을 수 없다. 네로는 로마의 성벽 위에서 자신의 화형대에 불을 붙였고, "모든 것이 소멸하길" 바랐다. 자신도 죽을 것이기에.

---

68 조아생 뮈라Joachim Murat(1767~1815), 나폴레옹 1세 치하의 장군이자 나폴레옹의 매제.

마지막 징벌

헥토르가 죽고 아흐레가 지났건만, 아킬레우스는 여전히 희생자의 시신을 훼손한다. 제우스는 테티스를 올림포스로 소환해 이런 명령을 내린다.

그대의 아들에게 가서 내 말을 전하시오.

아킬레우스에게 신들이 화가 났다고, 다른 신들보다

특히 내가 가장 노여워한다고 말하시오.

그가 헥토르를 뿔 달린 함선들 가까이에 붙들어두고 있는데

어서 돌려주라고, 그러지 않으면 내 힘을 보게 될 거라고 전

하시오!

《일리아스》, 24편, 112~116

인간은 결국 신들의 혐오를 사고 만다.

이것이 히브리스의 역설이다. 신들의 혐오를 산 히

브리스가 신들에게 깃든다는 것. 인간은 그것에서 벗어나려 하고, 신은 인간을 그리로 내몬다. 결국 신들은 우리를 상냥하게 대하지 않는다. 아니, 그 이상이다! 그들은 우리를 경멸한다. 아폴론은 포세이돈에게 인간들을 이렇게 묘사한다.

> 인간이라는 비루한 존재들은 꼭 나뭇잎 같아서,
>
> 때로는 대지의 열매를 먹고 눈부시게 반짝이고
>
> 때로는 용기 없이 홀로 소진하고 자멸하지요.
>
> 《일리아스》, 21편, 464~466

피조물들을 향한 창조주의 애정이 자리 잡으려면 기독교의 계시를 기다려야 할 것이다. 아직 신들은 인간들을 전쟁으로 내몬다. 시몬 베유가 말한 것처럼 "힘에 대한 인간 영혼의 종속"이 작동하는 것이다.

오디세우스도 키클로페스─오만의 형태를 취한 히브리스─에게 자기 이름을 밝힌 뒤 포세이돈의 분노를 산다. 분노로 얼굴이 붉으락푸르락 달아오르건 허세를 부리건 똑같은 죄다. 절제라는 규칙을 위반한 것이다.

호메로스와 함께하는 여름

훗날 기독교인들은 경미한 죄건 원죄건 죄라는 개념을 만들어낸다. 그러나 원리는 비슷하다. 잘못을 저지르면 대가를 치른다는 것. 도덕적 이론이 부재했으므로, 그리스 사람들은 행위들을 선과 악의 저울로 재지 않았다. 그들은 자연적 절제에 부합하는 행위와 절제에 어긋나는 행위를 판단하는 편을 선호했다.

《일리아스》는 힘들의 항구적 변화를 무대에 올린다. 불행은 언제나 이쪽과 저쪽에 공평하게 배분된다. 약자는 예전엔 강자였다. 강자는 대가를 치르게 된다. 전사들 가운데 가장 강력한 자가 된 아킬레우스는 별안간 스카만드로스 강의 파도에 쫓기는 신세가 된다.

호메로스의 세계에서 힘은 결코 영원히 주어지지 않는다. 힘은 언제나 전복되기에, 승승장구하는 영웅은 어느 날 지옥에 떨어질 것이다.

이렇게 운명은 시계추처럼 양쪽을 오간다. 호메로스는 한쪽 군대가 다른 쪽 군대를 이기는 승리를 묘사하면서 인상을 쓰고 말한다. 당신들도 곧 대가를 톡톡히 치르게 될 것이다. 실제로 운명의 수레바퀴가 별안간 방향을 바꾸어, 승리한 군대는 반격당하고 패주한다.

여기에는 호메로스의 비관론이 담겨 있다. 시몬 베유는 그 비관론을 이렇게 표현한다. "승자와 패자는 똑같이 참담한 처지에 빠진 형제들이다." 바람은 평원 쪽으로 분다.

이런 운명의 급변에 독자는 얼떨떨해진다. 결국 득을 보는 건 오직 신들, 다시 말해 우리의 가련한 코메디아 델라르테Commedia dell'arte[69]의 꼭두각시 조종자들뿐이다.

---

69 16세기~18세기에 이탈리아에서 유행한 즉흥극.

호메로스와 함께하는 여름

히브리스는 결코 사그라지지 않는다!

무절제에 빠지는 인간들은 그로테스크하다. 시몬 베유는 말한다. "그들이 바라는 건 별것 아니다." 이 '별 것 아닌 것'이 히브리스의 맥 빠지는 정의다. 풍요사회는 값을 올려 이렇게 요구한다. '모든 걸 당장!' 그리고 제발 '구속 없이'!

우리가 자연을 나포한 대가를 치르도록 곧 스카만드로스 강이 범람할 것이다.

지구를 뒤덮는 쓰레기 더미를 실어 나르는 우리의 덤프트럭은 아킬레우스가 강물에 던질 시신들을 실어 나르는 수레를 닮지 않았는가? 성난 물줄기가 시신들을 토해낸다. "내 아름다운 강물엔 이미 시신들이 그득한데."《일리아스》, 21편, 218) 스카만드로스 강은 격분해서 아킬레우스에게 벌을 내리기로 결심한다. 스카만드로스 강이 이웃 강인 시모에이스에게 외친다.

사랑하는 아우야! 우리 둘이서 저 인간의 광기를 제압하자,

그가 머지않아 프리아모스 왕의 큰 도성을 함락할 테고,

트로이군은 전쟁에서 버티지 못할 테니.

자, 어서 나를 도와다오!

샘물로 네 물줄기를 가득 채우고, 네 강물 곳곳을 자극해라.

큰 물결을 일으키고 나무 둥치와 바위들로 굉음을 일으켜

저 사나운 인간을 제압해버리자.

그는 지금 격분해서 신들처럼 분노하고 있다.

《일리아스》, 21편, 308~315

　　이 강의 분노를 아귀다툼이 벌어지는 세계적 아수라
장에 가담한 80억 인류의 탐욕 때문에 껍데기가 벗겨지
고 뼈만 남은 지구의 경련과 비교해볼 수 있을 것이다.

　　여러 차례 여행하는 동안 나는 늘 스카만드로스 강
의 교훈에 두 가지 이미지를 결합했다. 아랄해의 이미
지와 앙코르 사원의 이미지다. 아랄해는 인간이 손을
대면서 메말랐다. 앙코르 사원은 정글로 뒤덮였고, 나
무뿌리들이 그 거대한 토대를 무너뜨리고 있다. 아랄
해에서 인간은 무절제를 드러냈다. 그로 인해 하늘마

호메로스와 함께하는 여름

저 어두워졌고, 오늘날 구름이 검은 먼지 장막만 신고 온다. 앙코르에서 자연은 언젠가 우리의 발판이 모두 수의로 덮이리라는 것을 입증해 보였다.

아랄해는 우리의 오만에 대한 징벌이다.

앙코르에서는 우리의 오만이 매몰되고 있다.

헤라클레이토스는 모든 것이 지나가고, 흘러가고, 지워진다는 걸 소크라테스 이전에 이미 알았다. 호메로스는 우리에게 말한다. 인간이여! 너는 너의 무절제로 신들에게 대항하지 못한다. 왜 네 분수보다 높은 곳에 오르려고 그토록 고집을 부리는가?

약탈을 통한 히브리스

어쩌면 오늘날 우리는 《일리아스》를 살고 있지 않을까? 아킬레우스의 분노를 우리의 기술적 교만으로 대체해봐야 할 것이다. 하이데거는 기술에 관한 강연에서 우리가 지구에게 자원을 독촉하고 있다고 말했다. 우리가 지구에 가하는 이러한 징발, 이 약탈은 히브리스를 닮았다. 신들이 아킬레우스를 멈춰 세운다. 검은 숲의 철학자는 오직 시인만이 우리를 탐욕에서 구할 수 있을 거라 생각했다. 우리는 그 시인을 기다린다.

아폴론은 아이네이아스를 죽이려고 달려간 디오메데스에게 이미 이렇게 예고했다.

티데우스의 아들이여! 몸을 사리고 물러가라.

그대는 감히 생각을 신들의 높이에 두지 마라.

《일리아스》, 5편, 440~441

호메로스와 함께하는 여름

결국 히브리스는 저울의 눈금이다. 인간은 자신을 신―혹은 겸손하게 말해 조물주―으로 여기고, 기원전 5세기에 프로타고라스가 제시한 "인간은 만물의 척도"라는 타당한 주장에 어긋나는 행동을 한다.

21세기 초에 우리는 그걸 두 번이나 생각해야 했다. 호메로스의 경고가 들리지 않는가? 우리는 자연에 맞서 트로이 전쟁을 벌이고 있다. 우리는 지구를 우리의 열성에 굴복시켰다. 지구를 우리의 욕망에 무릎 꿇렸고, 원자·분자·세포·유전자를 밀거래했다. 기술과학 연구자들은 곧 인간 능력을 증강할 거라고 예언한다. 우리는 확장할 대로 확장해서, 지구가 80억이나 되는 우리를 먹여살리길 기대한다. 우리는 여러 종을 절멸했고, 땅을 시멘트로 뒤덮었다. 기술을 이용해 우리는 지하 보물들을 탈취했고, 유기체에서 탄화수소를 대기로 방출했으며, 영토를 다시 그렸다. 에밀 베르하렌Émile Verhaeren[70]의 표현을 빌리자면, "다른 의지에 따라 산과 바다와 평야를 재창조"했다. 이제 우리는 지구

---

[70] 1855~1916, 벨기에의 시인. 상징주의의 영향을 받았고 아나키즘 성향의 시를 썼다.

의 위성들을, 달과 화성을 힐끔거리고 있다. 라이카를 누가 기억하는가? 우리가 우주로 보낸 최초의 생명체인 이 강아지는 오랫동안 천체의 허공을 떠돌았다. 녀석은 소련의 암캉아지였는데, 우주비행사들은 녀석이 돌아오지 못하리라는 걸 알았다. 이것이 인간이다. 인간이 신들에게 보낸 인사는 죽은 개다. 환경보호 활동가라야 인류가 자기 축에서 벗어났음을 깨달을 수 있는 건 아니다. 여러 힘이 고삐 풀린 채 날뛰고 있다. 서로를 향해 일어선 인간들의 힘이다. 하나로 뭉쳐 생물학적 환경을 유린하는 인간들의 힘이다. 인간들은 아킬레우스가 되었다. 스카만드로스 강은 이미 범람하고 있다.

증강을 통한 히브리스

우리가 '현실을 증강'하고, 한계를 밀어내고, 행성들을 탐험하며, 천 년이라는 기대수명에 도달하려 한다는 걸 호메로스가 알면 얼마나 웃을까. 실리콘밸리의 연구자들이 주어진 세상에 만족하고, 그 취약점을 보호하는 게 아니라 기술적인 세상을 새롭게 재편하고 기뻐하는 걸 보면 그리스 신들은 얼마나 이를 갈까. 참으로 기이한 현상이다! 우리는 당장 눈앞에 보이는 현실이 점점 나빠지는데도 다른 현실을 창조하려는 욕구가 불타오르는 걸 목도한다. 인간이 주변환경을 망가뜨릴수록 가상세계를 창조하는 조물주들은 기술공학적인 내일을 약속하고, 예언자들은 내세의 낙원을 예고한다. 세상이 마모되는 원인과 결과는 무엇일까? 현실을 증강하길 원하는 사람들은 세상의 타락에 대한 해결책을 찾는 걸까? 아니면 타락을 가속하는 걸까?

이것이 호메로스의 질문이다. 이 질문은 세상의 현실적 풍요를 그저 숭배하도록, 자신을 신으로 여기는 위험을 보도록, 자기 힘을 헤아리고 식욕을 제한할 필요성을 살피도록, 인간으로서 자기 몫에 만족하라는 명령을 생각하도록 촉구한다.

지구상에는 구석기 시대부터 전쟁이 이어져왔다. 물론 전쟁을 인간들의 접촉이 낳는 통상적인 상태로 생각할 수 있다. 하지만 19세기 산업혁명 이후로는 다른 현상이 벌어진다. 인류 역사에 전대미문의 현실 변화가 일어난 것이다. 인간들은 세상과 맞서는 투쟁에서 이기려고 온 힘을 끌어모으는 것처럼 보였다. 자연은 이제 우리의 조작에 응하지 않는다. 자연은 자기 법을 강요하고, 자기 속도를 부과하고, 자기의 한계를 보여주고 있다. 거기에 우리 시대의 **히브리스**가 있다. 이슬람 광신도들의 작전에 있는 것이 아니라.

《일리아스》를 다시 읽고, 아폴론의 말에 귀를 기울이며, 그가 스카만드로스 강을 오염시키는 걸 후회하게 만들 거라는 걸 명심하자.

호메로스와
순수한
아름다움

호메로스는 누구일까? 강가를 떠도는 고독한 천재일까, 아니면 여러 세기로 이어진 한 무리의 음유시인들일까? 그는 신성한 말을 남겼다. 《일리아스》와 《오디세이아》는 자료적 가치도 크지만 무엇보다 보석처럼 빛난다. 손에 다이아몬드를 쥐었을 때 우리는 탄소의 분자구조에 놀라는 게 아니라 그 광채에 감탄한다. 1957년 역사가 버나드 베렌슨Bernard Berenson은 이렇게 털어놓았다. "나는 일평생 호메로스에 관한 자료들을 읽었다. 문헌학·역사학·고고학·지리학의 자료들을. 이제 나는 그저 순수예술로서 호메로스를 읽고 싶다." 순수예술이라면 좋다!

텍스트의 신성함

우리 시대는 이미지들에 정신을 빼앗긴다. 우리는 말보다 고프로 이미지를 선호하고, 드론이 생각을 드높인다고 믿으며, 정의 내려야 할 어떤 것을 갖기도 전에 지고한 정의를 원한다. 호메로스 시절에는 시가 지배했고, 말은 신성했다. 호메로스의 표현에 따르면, 말이 날개를 달고 날아다녔다. 자기 이름을 서사시에 새기는 것이 영웅에게는 명예가 되었다! 영웅들은 사람들의 기억에 뿌리를 내렸고, 말은 제 몫의 불멸을 거기에 부여했다. 요컨대 말이 삶을 축성했다. 뮤즈는 기억의 여신인 므네모시네와 제우스의 딸들이 아니던가?

어느 날 저녁, 오디세우스는 파이아케스인들의 식탁에 초대받는다. 아무도 그를 알아보지 못한다. 그는 음영시인에게 트로이 전쟁의 일화를 이야기해달라고 청한다. 그는 자기 이름이 인용되는 걸 듣고, 이야기 덕에

호메로스와 함께하는 여름

자신이 집단 기억에 새겨졌다는 걸 안다. 그는 선을 넘어섰고, 망각에 맞서 승리했다.

이야기를 하는 건 인간의 고유한 속성이다. 짐승은 소설을 쓰지 않는다.

호메로스 이후로 500년이 흐른 기원전 334년에 알렉산드로스 대왕은 아킬레우스의 무덤을 찾아가서 트로이 전쟁의 무적의 전사를 행복한 영웅이라고 선언한다. 왜냐하면 "그가 자신의 용맹한 행위를 전하는 메신저로 호메로스를 만났기 때문이다." 그 시절의 명예는 클릭수 100만을 넘기는 데 있지 않고, '신의 영감을 받은' 음영시인의 이야기의 주인공이 되는 데 있었다. 문학을 전도하는 나는 그 시대가 그립다.

> 지구상의 모든 사람 가운데 음영시인들이
> 명예와 존경을 받는 건 뮤즈가 사람들에게
> 영감을 주는 가인들을 좋아하기 때문이다.

《오디세이아》, 8편, 479~481

그때는 말의 시대였다. 어쩌면 그런 시대가 다시 돌

아올지도 모른다.

말한다는 건 싸우는 기술에 비교할 만한 덕목이었다. 더구나 음영시인은 헤파이스토스의 방패 위 좋은 자리에 그려져 있다. 그 시절에 시는 큰 소리로 낭송되었고, 음영시인은 현악기로 반주를 넣었다. 리라를 갖춘 시인에 대한 상징적인 표상이 우리에게 남았다. 오늘날 우리가 하듯이 낮은 소리로 책을 읽게 된 건 최근의 일이다. 그것은 중세로 거슬러 올라간다. 많은 문인 성자聖者들은 그런 독서를 배척했고, 그것을 퇴보로, 심지어 일탈로 보았다.

나는 공공 광장에서 소리 높여 읽는 독서를 되살리기 위해 활동할 준비가 되어 있다. 마담 히달고[71]는 올림포스의 정령처럼 또 새로운 백야[72] 행사를 고안해낼지 모른다. 어쩌면 그 행사엔 '모두 토가를 입고'라는 이름이 붙고, 우리는 파리의 아고라에서 《일리아스》를 목청껏 외치게 될지도 모른다.

---

71 Anne Hidalgo(1959~), 프랑스의 정치인. 2018년에 최초로 파리의 여성 시장이 되었다.
72 매년 하룻밤 동안 미술관 등의 문화공간을 대중에게 무료로 개방해 예술 퍼포먼스를 촉진하는 행사.

신들의 양식糧食으로서의 말

오디세우스의 목소리를 빌려 말하는 뮤즈의 정령에 귀 기울여보자. 우리는 트로이 성벽 앞에 있다. 아가멤논 왕이 병사들에게 전투를 멈추라고 명한다. 그는 병사들을 떠보려 한다. 그들은 벌써 9년째 싸우고 있다. 모두가 집으로 돌아가길 갈망한다. 그리고 오디세우스의 연설이 이어진다. 오디세우스는 아가멤논에게 야유를 보내고 전사들에게 장엄한 격려를 늘어놓는다.

그는 입을 다물었다. 아르고스인들이 함성을 질렀다.
선박들 주위로 아카이아인들의 무시무시한 함성이 울려 퍼졌다.
그들은 신과 같은 오디세우스가 한 연설에 환호했다.

《일리아스》, 2편, 333~335

오디세우스의 말은 병사들의 마음을 사로잡았다. 호메로스는 시에서 말이 지니는 원기 회복의 힘을 내내 환기한다. 말은 사람들의 지친 정신과 비탄에 빠진 마음에 힘을 불어넣는다. 야영으로 밤을 보낸 뒤 햇빛이 몸을 깨우듯이 말은 기운을 북돋워준다. 그래서 말은 신성하다.

그리스인에게 말은 스스로 힘이 되었다. 아니, 그 이상이다. 말은 거의 신이다.

《일리아스》에서 우리는 바리케이드 위에 서서 좌절한 병사들에게 주문을 거는 전사나 신의 말을 듣는다. 연사는 언제나 웅변술에 물리적 힘을 결합한다. 그리고 말의 힘을 이용해 공격을 재개한다. 명령은 병사들을 고무한다! 포세이돈의 연설처럼.

아르고스의 청년들이여! 부끄럽지도 않은가? 그래도 나는
그대들이 분전하여 우리의 함선들을 구하리라 믿었다.
그대들이 괴로운 전쟁을 그만두려 한다면,
우리가 트로이인들의 손에 쓰러질 날이 온 것이다.

《일리아스》, 13편, 95~98

　　　　　　　　　호메로스와 함께하는 여름

디오메데스가 트로이 병사들의 전진에 기진맥진한 병사들 앞에서 한 연설처럼.

이렇게 말하자 아카이아의 아들들이 한꺼번에
함성을 지르며 디오메데스의 말에 환호했다.

《일리아스》, 7편, 403~404

화를 풀고 자기의 분신이자 형제 같은 파트로클로스를 따르라고 부하들에게 촉구하는 아킬레우스의 저주처럼.

모두 용기를 내어 트로이군과 싸우시오.
이런 말로 그는 부하 한 사람 한 사람에게 힘과 용기를 북돋웠다.
병사들은 왕의 말을 듣고 대열을 굳건히 다졌다.

《일리아스》, 16편, 209~211

이렇게 달변인 전사들의 말을 들으며 어찌 열광하지 않겠는가? 그들은 단순한 말로 동료들을 전율하게 만든다. 말은 묘약을 주입한다. 그것은 힘을 안겨준다.

디지털 시대를 사는 현대의 우리에게 이런 부추김은 불가능해 보인다. 트로이 영웅들의 호소 이후 2,500년이 지난 지금 우리와 세상 사이에는 스크린이 세워져 있다. 이미지가 말의 왕좌를 빼앗았고 역사의 흐름을 바꿔놓고 있다. 누가 아직도 연설에 고무되어 돌격하겠는가?

2010년대 난민 위기가 발생한 초기에 많은 사람들이 광신적인 이슬람교도들의 수탈을 피해 고대 그리스 함선들이 항해했던 바로 그 바다로 피신했다. 이주민들은 해변에 좌초했고, 바다 한가운데에서 익사했다. 기자들, 소설가들이 그들에 관한 글을 썼지만 별 소용없었다. 해변에 좌초한 어린 소년의 사진 한 장이 유럽 지도자들을 행동에 나서게 했다. 그들은 국경을 열었다. 사진 한 장이 결정을 촉발했다. 이제 텍스트는 사태의 흐름에 영향을 미치지 못한다. 6월 18일의 대국민 호소[73]도 더는 없을 테고, 전장에서 질책하는 디오메데

---

73 2차 세계대전이 한창이던 1940년 6월 18일 드골 장군이 BBC 라디오를 통해 프랑스 국민에게 했던 호소.

호메로스와 함께하는 여름

스도 없을 것이다. 말의 정기는 더이상 대중을 움직이
지 못한다.

호메로스는 《일리아스》에서 종종 말의 그런 마법적
가치를 쓰느라 지쳐서 이렇게 토로한다.

신처럼 모든 걸 말하려니 참으로 힘들구나!

《일리아스》, 12편, 176

그러나 신화적인 말은 그 역술적 힘 덕에 수천 년을
거쳐 우리에게까지 이르렀다.

순수시

이 텍스트들의 형태적 아름다움에 대해 자클린 드로미이는 당시의 대단히 복잡했던 글쓰기 방식이 이런 최종적인 글을 낳았을 거라는 이론을 내놓았다. 기술적 어려움이 문체를 자극했으리라는 것이다. 호메로스가 자기 서기書記에게 시를 구술하는 모습을 상상해보자. 파피루스에는 붓으로 한 문장을 쓰는 것도 참으로 어려운 일이어서, 쓰기 전에 완벽하게 문장을 다듬어야만 했다. 따라서 한 문장 한 문장이 왕관에 박히는 다이아몬드처럼 텍스트 속에 꼭 들어맞았다.

호메로스의 문체는 두 가지 중요한 특징과 어우러진다. 그 특징들은 햇살 아래 반짝이는 지중해처럼 텍스트를 빛나게 한다. 그 특징들 덕에 우리는 호메로스의 음악성을 알아본다.

끊임없이 수식어들을 활용하고, 유비類比들을 사용한

다는 특징이다.

수식어는 명사에 갑옷과 투구를 입히고, 비교는 리듬을 살려준다.

형용사와 비교! 우리는 학교에서 이 둘을 너무 많이 쓰지 말라고 배웠다. "문장이 무거워진다!"며 우리의 선생들은 작문 숙제에 빨간 줄을 잔뜩 그어 돌려주었다. 그리스군이 트로이 평원에 일으킨 거대한 동요를 그린 아래의 묘사를 그들은 이해했을까.

집어삼킬 듯한 불길이 산꼭대기의 광활한 숲을

태우면 그 빛이 멀리서도 보이듯,

그들이 나아갈 때 수많은 청동이 뿜어내는

눈부신 광채가 맑은 대기를 뚫고 하늘에 닿았다.

거위, 학, 목이 긴 백조처럼

깃털 달린 날짐승 무리가 날개를 뽐내며

카이스트로스 강변의 아시오스 평원 위로

이리저리 날아다니다가 요란하게 소리 지르며

잇달아 내려앉으면 그 소리가 온 평원에 울리듯,

수많은 병사들이 함선과 막사에서

스카만드로스 강변의 풀밭으로 쏟아져 나오자

사람의 발과 말발굽 아래에서 대지가 요란하게 울렸다.

《일리아스》, 2편, 455~466

호메로스는 단어의 광채 속으로 자연의 이미지들을 끌어들인다. 애가哀歌 조의 유비들은 시인이 서사적 긴장을 깨뜨리도록 돕는다. 그 유비들은 세상이 오직 하나의 떨림임을, 짐승과 인간과 신들이 복잡하고 위험한 똑같은 모험에 올라탄 유일한 떨림임을 환기한다. 여기서 범신론적 계시의 아름다움이 드러난다. 다양한 생명체 속에 모든 것이 하나로 이어져 있는 아름다움 말이다. 그리스인은 정신이 무겁지 않아서 신이 유일할 수 있고 자기 피조물 밖에 있을 수 있다고는 결코 선언하지 못할 것이다.

호메로스의 유비들은 네 가지 자연을 끌어들인다. 동물, 식물, 기상현상, 목가적 장면들을 담고 있다. 애가들은 인간의 술책을 반영한다.

우주적 현상들은 때로 우주를 지배하는 질서를, 조화롭고 잔인하며 영원히 비극적이고 더없이 완벽하며

호메로스와 함께하는 여름

때때로 무너지는 질서를 상징한다.

신들의 뜻도 아랑곳하지 않고

무시무시한 판결을 내려 정의를 추방하는

오만한 인간들에게 진노한 제우스가

때아닌 비를 더없이 맹렬히 퍼부을 때

검은 대지가 폭풍의 무게를 견디듯이,

급류들이 불어나 범람하는 강을 휩쓸어가고

협곡들을 만들고 언덕들을 부수어 산꼭대기에서부터

무너져내린 흙들이 인간들이 일궈놓은 밭을 파괴하며

자줏빛 바다로 요란하게 쏟아지듯이,

꼭 그렇게 질주하는 트로이의 말들 소리가 무겁게 울려 퍼졌다.

《일리아스》, 16편, 384~393

이 이미지들의 아름다움과 예리함은 호메로스가—
비록 맹인일지라도—언덕들을 사랑하는 관찰자이자
향락자였고 땅을 걷는 자였으며 거센 바람이 부는 밤
에도 곤히 잠드는 사람이었음을 알려준다. 틀림없이
그는 항해하고, 낚시하고, 언덕에서 야영하고, 별에 취하고, 수확의 알갱이를 냄새 맡길 좋아했을 것이다. 그는 멧비둘기를 사냥하는 맹금류를, 성난 바다가 함선들의 뱃전 너머로 넘실대는 것을, 양들이 황금빛 저녁햇살을 받으며 집으로 돌아오는 광경을 보았을 것이다.

그렇지 않다면 묘사들이 이토록 세밀한 그림이 되지는 못했을 것이다. 우리는 즉흥적으로 사진작가가 될 수는 있지만, 애가 시인이 되지는 못한다. 상상력은 만들어지지 않는다.

텍스트를 풍성하게 채운 짐승과 식물로 호메로스는 세상의 수직 체계를 세웠다.

꼭대기에는 신들이 있고, 맨 아래에는 짐승들이 있다. 세상 혹은 인간들, 영웅들과 괴물들이 그 둘 사이에서 층위를 나눠 가졌을 것이다. 때때로 인간은 동물적인 면면이 부각되어 호메로스는 그 폭력성을 비판하기 위해 인간을 맹수와 비교한다. 그런 맥락에서 아폴론은 아킬레우스에게 다음과 같이 말한다.

그자는 분별 있지 않고 가슴속 생각도 유연하지 못하며,

마치 사자처럼, 강한 힘에 종속된

호메로스와 함께하는 여름

사나운 사자처럼 행동한다오.

《일리아스》, 24편, 40~42

시인에게 비교의 활용은 세상이 시멘트 바닥으로 축소되지 않는다는 사실을 환기하는 기회다. 어떤 머리도 삐져나올 수 없고 흉측한 평등 원칙에 따라 모든 것에 우열이 없는 시멘트 바닥 말이다. 짐승이건 인간이건 저마다 그 구축물 안에서 제자리를 지킨다. 어떤 것들은 다른 것들보다 강하고 아름다우며, 재능이 뛰어나고, 더 고결하고, 적응력이 훨씬 뛰어나다. 늑대가 암송아지를 잡아먹는다면 자연이 그런 숙명을 허용했기 때문이다. 어떤 짐승은 송곳니를 갖추고 있고, 어떤 짐승은 온순한 초식동물이다. 육식동물은 초식동물을 잡아먹을 것이다. 본래의 질서를 흐트러뜨리지 말아야 한다. 세상의 아름다움은 불의에 종속되어 있다. 불의가 만물을 지배한다.

그러나 헥토르는 넓은 늪가의 초원에서 무수히 떼 지어 풀을 뜯는 소떼를 습격하는 사나운 사자와 같았다.

호메로스와 순수한 아름다움

소떼 가운데 자리한 목동은 맹수가 뿔 달린 가축들을

죽이지 못하게 막을 방법을 알지 못한다. 목동은

한결같은 걸음으로 소떼의 뒤로, 앞으로 오락가락하지만,

사자가 소떼 한가운데로 뛰어들어 한 마리를 먹어치우자

다른 녀석들은 모두 도망친다. 아르고스인들이

헥토르와 아버지 제우스 앞에서 혼비백산하여 달아나는 모

습이 그러했다.

헥토르가 죽인 건 오직 미케네 사람 페리페테스뿐이었다.

그는 에우리스테우스 왕이 내린 과제를 강력한 헤라클레스

에게 전한 전령 코프레우스의 아들이었다.

《일리아스》, 15편, 630~640

호메로스는 자연 조직의 완벽함, 짐승들의 기품, 현
상들의 영광, 식물들의 활력을 소환하며 신성의 여러
면면 가운데 하나를 그린다. '순수한 현존' 속에, 현실
의 폭발 속에 자리한 것은 신성하다. 신성은 자연의 내
재적인 복잡성 속에서 반짝인다. 그것은 거기에 내장
되어 있다.

호메로스와 함께하는 여름

말의 폭발

호메로스는 인간의 허영심과 생물학적 형태들의 취약성을 비교한다. 지구의 각 존재는 자기 의사와 상관없이 태어나며, 자기가 죽을 날짜도 시간도 알지 못한다. 늘 파괴되고 재생되는 자연은 호메로스에게 삶의 신비를, 넘치는 풍요의 수수께끼를 헤아릴 기회를 내준다.

인간 종족은 나뭇잎과도 같아서,

때로는 바람에 날려 떨어지고

때로는 봄이 와서 숲의 새싹들이 돋아나 무성하게 자라듯,

인간의 세대들도 때로는 번성하고 때로는 시드는 법이오.

《일리아스》, 6편, 146~149

이것은 글라우코스가 디오메데스에게 한 말이다.

우리는 찌르레기 떼나 정어리 떼를 관찰하면서 우리

가 중요한 존재라고 여전히 믿을 수 있을까? 스스로 다시 시작하는(곧 죽음이 약속되어 있지만) 자연의 무한한 인심은 우리의 공허를 일깨워주는 신호다. 지구의 풍요에 관한 문제는 그리스 세계가 던지는 예리한 질문들 가운데 하나가 될 것이다. 자연의 숭고하면서도 역겨운 풍요는 어디서 오는가? 어째서 이렇게 뒤죽박죽 혼란스러울까?

호메로스는 괴기스러운 출산 형태들을 즐겨 소환한다. 꿀벌, 늑대, 암송아지, 돌고래, 양과 비둘기, 박쥐, 수선화, 뱀, 맹금… 어쩌면 **풍요로운 혈기**를 묘사하려는 이 욕구에서 고대 범신론의 정의를 보아야 하는지도 모른다. 범신론자가 된다는 건 생명의 여러 얼굴에 경의를 표하고, 목적을 고심하지 않은 채 그것들이 발생한 모태를 숭배하는 것이다. 호메로스는 세상을 탐욕스러운 눈으로 바라보고, 그의 서기는 묘사할 준비를 하고 붓을 든다. 세상의 광채 위에 말들을 얹는 건 카뮈가 "인간과 대지의 결혼, 덧없으면서 관대한 이 세상에서 대단히 남성적인 유일한 사랑"[74]이라고 명명한 사건의 집전에 몰두하는 일이다.

그리고 범신론자가 된다는 건 세상의 스펙터클 앞에 서서 아무것도—노래하는 어떤 내일도(이 위선!), 영원한 어떤 삶도(이 농담!)—바라지 않고 세상을 받아들이는 것이다. 일어나는 일의 신호 외의 다른 것을 찾아서는 안 된다. 트로이의 왕 프리아모스는 말했다. "베일을 벗고 모습을 드러내는 모든 것이 아름답다."《일리아스》, 22편, 73) 그렇다. 모든 것이 아름답고, 말은 그 아름다움을 드러내주는 종복들이다. 말이 할 일은 만화경을 표현하는 것이다.

광휘와 위험이 그득한 이 세상은 지칠 줄 모르고 아롱거리며 빛난다. 호메로스의 시는 지치지 않고 이 배설의 목록을 작성하는 일을 이어간다. 짐승과 식물들은 세상의 질서 속에 자리하고 있다—하층토 속의 보석처럼.

얼마나 영혼이 지치고 심장이 메말라야 우리 눈앞에 생생하고 화려하게 펼쳐진 경이를 두고도 불확실한 낙원을 희망하게 될까?

74 《결혼》, 1938.(—원주)

세상을 말하는 수식어

호메로스는 자신이 묘사할 형태들의 웅장함과 어깨를 겨루기 위해 무대 위에 올려진 개체들 하나하나에 수식어를 붙인다. 짐승, 인간, 신들은 형용사라는 성유聖油를 통해 자기 존재의 서임식을 누릴 권리를 갖게 된다.

회계를 좋아하는 전문가들은 호메로스의 경우엔 운율을 지키는 방식을 찾는 것이 관건이라고 설명한다. 호메로스의 시구는 짧거나 긴 음절을 갖춘 두 박자 여섯 마디의 6각시이다. 이 복잡한 솔페지오를 지키느라 때때로 시인은 언어의 곡예를 부리고 어렵사리 두 발로 착지한다. 수식어들을 활용해 그는 영웅이나 신을 리듬에 잘 맞는 호칭으로 형언한다. 아테나는 '부엉이의 눈을 가진 여신', '제우스의 무적의 딸', '청록색 눈의 여신', 혹은 '대중을 선동하는 여신'이라 형용하고, 포세이돈은 '땅의 주인', '땅의 초석', '땅을 흔드는 신',

호메로스와 함께하는 여름

'검은 곱슬머리 신'이라 형용하는데, 이 수식어들이 텍스트 속에 어느 정도 길게 삽입되면서 시구의 운각을 맞춰준다. 그러나 이것은 약사藥師가 할 법한 설명이다!

해설가들은 이 수식어들이 음영시인이 시를 암송할 때 형식적 모양새에 의지하게 해주는 기억법을 확보해주었으며, 유고슬라비아의 음유시인들은 이 목발의 도움을 받아 어려움 없이 만 행의 시구를 암송할 수 있었다고 주장했다.

우리는 수식어의 사용이 운율 맞춤이나 기억의 도움보다는 훨씬 고결한 기능을 가지고 있다고 생각하고 싶다.

수식어들은 수식하는 주제의 본질을 드러내준다. 형용사는 존재를 둘러싸는 후광이다. 그것은 영웅의 아우라를, 영혼의 DNA를 그려낸다. 신, 영웅, 혹은 인간은 수식어들을 달고 나아간다. 수식어에 힘입어 자기 존재를 드러낸다. 아킬레우스가 '빠른 운명', '신의 얼굴', '제우스가 아끼는 도시 정복자'라는 걸 알면 묘사가 필요 없다. 우리의 눈길이, 이유는 모르겠으나, 아무리 슬쩍 보았을지라도 좋아하는 인물의 형체를 재빨리 알아보는 것처럼, 수식어는 한 마디로 영웅을 알려준다.

영웅들은 수식어를 그림자처럼 달고 무대 위에 오른다. '부글부글 끓는' 디오메데스, '미소 친구' 아프로디테, '불타는 투구' 헥토르, '저명한 장인' 헤파이스토스, '인간들을 이끄는' 이도메네우스, '바람을 탄' 이리스, '존경스러운 마부' 포이닉스. 제우스는 '구름을 모으는 자', '멀리 보는 자', '천둥', '거대한 목소리'라는 수식어를 단다. 도시 트로이조차 심리적-시적 정체성의 권리를 누린다. 트로이는 '거친 도시', '성스러운 도시', '문 높은 도시', '인구 밀집한 호사스러운 도시', '매혹적인 도시', '성적 매력을 풍기는 도시', '골목이 넓은 도시', '번식력 강한 씨암말' 같은 도시가 된다.

세상의 영롱한 광채 앞에서 파피루스와 갈대 펜을 든 가련한 음유시인이 무엇을 할 수 있겠는가? 내재성의 두께에 수식어들의 매력을 맞세우지 않는다면 시인은 만물의 복잡성 아래 질식할 위험이 있다. 형용사는 말들이 현실이 걸친 알록달록한 외투에 바치는 오마주다. 《오디세이아》에는 상상과 현실 사이에서 이루어지는 이 예술적 싸움을 예시하는 수식어가 하나 있다.

호메로스와 함께하는 여름

오디세우스는 이타케로 돌아와 늙은 돼지치기를 만난다. 이 돼지치기는 신의와 충직을 그대로 간직하고 있는 유일한 인물이다. 그러나 호메로스는 그에게 '충직한'이나 '고결한' 같은 형용사를 사용하지 않는다. 그건 너무 쉬운 일이 될 것이다. 시인은 '신성한'이라는 수식어를 사용한다. 이 말을 쓰느라 많은 잉크가 들었다. 돼지치기를 왜 '신성하게' 여긴단 말인가? '신성한'이라는 표현은 어쩌면 수식어들이 윤곽을 그리려고 애쓰는 것, 형용사가 갈망하는 것을 정확히 표현하고 있는지도 모른다. 자기 자신의 온전한 표명, 순수한 진리, 현존이 우리의 눈길에 제공하는 것의 힘을. 신성하다는 것은 우회 없이, 가면 없이, 화장 없이 자신의 순수한 정체성을 발산하는 일일 것이다. 현학적으로 표현하자면 수식어는 하이데거가 말한 '현존재Dasein'의 두께가 될 것이다.

이 돼지치기는 우리가 기댈 수 있는 인간이다. 그는 배반하지 않았고, 아무것도 탐하지 않으며, 지나간 시간의 기억을 그대로 간직하고 있다. 그는 주인의 기억에 충실하다. 그는 변하지 않았다. 그는 걸인이 오디세우스임을 알아보지 못한 채 그를 따뜻하게 맞이한다. 그는 괴물과 마녀들을 겪은 오디세우스가 처음으로 만난 현실의 인간이다. 게다가 그는 좋은 사람으로 드러났다. 어쩌면 그런 것이 '신성한' 것인지 모른다. 환한 불빛이 비쳐진 가운데 자기 자신과 일치하는 것, 자기의 현존 속으로 온전히 내려가 발가벗은 자신의 떨림과 조화를 이루는 것, 실존의 광채 속에 겸손하게 서 있는 것. 오디세우스가 고향을 떠난 지 20년 만에 옛 모습 그대로 다시 만난 이 인간은 신성하다. 니체의 말을 빌리면, 돼지치기는 현재의 모습이 된 것이 아니다. 이미 있었던 모습 그대로 계속 존재해온 것이다. 신성하게. 누가 감히 이런 수식어를 뽐낼 수 있을까?

.

2천8백 년 묵은 신선함

라디오 방송국 〈프랑스 앵테르〉에서 2013년부터 시작한 〈○○○와 함께하는 여름〉 시리즈는 큰 대중적 호응을 얻으며 계속 이어지고 있다. 누구나 이름은 들어 보았으나 깊이 알지는 못하는 문학의 거장에 관한 이야기를 일주일에 한 번씩 여름 두 달 동안 들려주는 기획으로, 지금까지 몽테뉴·프루스트·보들레르·빅토르 위고·마키아벨리·호메로스·폴 발레리·파스칼이 이야기의 주인공들이었다. 이미지가 지배하는 이 21세기에 많은 이들이 라디오 앞에 모여 문학 이야기에 귀를 기울인다는 사실이 놀랍기만 하다. 방송 내용은 같은 제목을 달고 책으로 출간되었고, 그 책들 또한 대중의 사랑을 받았다. 그중에서도 이 《호메로스와 함께하는 여름》은 출간된 지 3일 만에 초판 3만 부가 매진되고 그해 최고의 베스트셀러가 될 정도로 폭발적인 호응을 얻었다.

왜일까? 2천8백여 년 전에 세상에 나온《일리아스》와《오디세이아》이야기가 긴 세월을 비웃기라도 하듯 지금의 독자를 홀리다니? 호메로스에게 대체 어떤 힘이 있는 걸까? 호메로스가 실존 인물인지 아니면 작가 집단을 가리키는 이름인지, 소문처럼 시각장애인인지 아닌지는 알 길이 없다. 그러나 그의 이름으로 남은 두 서사시가 인류 역사상 가장 널리, 가장 오래도록 영향을 미치고 있는 최고의 걸작인 것만은 사실이다. 두 작품은 서양문화의 토대일 뿐 아니라 인류의 소중한 공동자산이다. 같은 언어로 소통하지 못하는 세계인도 트로이 전쟁, 아킬레우스와 헥토르, 제우스와 헤라, 오디세우스와 페넬로페 이야기에는 다들 고개를 끄덕일 것이다. 수많은 인물이 등장하는 호메로스의 이 두 작품은 인간의 온갖 유형을, 우리의 모든 얼굴을 담고 있다.

호메로스가 그린 세상은 2천8백 년 동안 그리 달라지지 않았다. 전쟁은 이름만 바꿔 달고 지구 어딘가에서 줄곧 벌어지고 있고, 투구와 갑옷이 전투복으로, 말이 탱크로, 범선이 잠수함으로 바뀌었을 뿐이다. 예전

호메로스와 함께하는 여름

엔 명예를 위해 싸웠으나 이제는 돈을 위해 싸운다. 우리는 여전히 유혹에 넘어가 우를 범하고 뒤늦게 만회하려 애쓴다. 오디세우스의 뱃사람들이 로토스 열매에 홀려 의지를 잃고 무기력 상태에 빠졌다면 오늘날 우리는 디지털 스크린에 홀려 시간 가는 줄 모른다. 인간이 설 자리에 대해, 사랑과 자유와 죽음에 대해, 타인과의 관계에 대해 호메로스가 우리에게 던지는 물음은 여전히 유효하다. 그래서 이 책의 저자 실뱅 테송은 《일리아스》와 《오디세이아》가 마치 엊그제 탄생한 글처럼 신선하다고 말한다.

이 책이 독자들로부터 큰 사랑을 받은 데는 저자 실뱅 테송의 독특한 이력도 크게 작용한 것 같다. 일찍부터 극한 조건의 여행과 탐험을 일삼아온 그는 지구상에 얼마 남지 않은 모험가다. 그는 엔진의 도움 없이 두 발로 걷거나 자전거를 타거나 말을 타고 오지를 여행한다. 나폴레옹의 군대가 러시아에서 퇴각하면서 걸었던 더없이 참담한 여정을 따라 걷기도 하고, 바이칼 호숫가 외딴 오두막에서 6개월 동안 자발적 은둔생활

을 하는가 하면, 도심에서조차 지붕 위를 걷는 모험을
즐기는 그는 영락없는 오디세우스의 후손이다. 그가
걸은 모든 걸음이 책에 담겼으니, 그는 두 발로 쓰는
작가다. 이 책을 쓰기 위해서도 그는 호메로스가 살았
을 풍경 속으로 들어갔다. 미코노스 섬과 마주한 티노
스 섬에 머물며 에게해의 강렬한 햇빛과 거센 바람과
파도를 겪고서야 《일리아스》와 《오디세이아》의 물질적
본질에 다가설 수 있었다고 그는 말한다.

그의 펜은 호메로스를 거리를 두고 밋밋하게 요약하
지 못한다. 독자를 트로이의 전장戰場으로, 친구를 잃고
울부짖는 아킬레우스의 곁으로, 신들이 인간들을 말처
럼 부리는 체스판 위로, 이타케를 향해 10년 동안 떠도
는 오디세우스의 뱃전으로 끌어들인다. 책을 읽는 동
안 전사들의 함성과 무기 부딪치는 소리가 요란하고,
뱃전을 때리는 파도 소리와 바람 소리가 들리는 듯하
고, 에게해의 강렬한 햇살이 그대로 느껴지는 듯하다.
저자는 호메로스의 세상 속에서 일어나는 이야기와 오
늘날 이 땅에서 벌어지고 있는 사건들이 결코 다르지
않음을 줄곧 환기한다. 그래서 실뱅 테송이 그려내는

호메로스의 세계는 소리도 냄새도 부피도 없는 상징적 신화가 아니라 요란하고 냄새 풍기며 살아 꿈틀대는 현실이다. 내일의 독자가 읽어도 신선할 세계다.

2020년 6월

백선희

호메로스와 함께하는 여름

첫판 1쇄 펴낸날 2020년 7월 2일

지은이 | 실뱅 테송
옮긴이 | 백선희
펴낸이 | 박남주

종이 | 화인페이퍼
인쇄·제본 | 한영문화사

펴낸곳 | (주)뮤진트리
출판등록 | 2007년 11월 28일 제2015-000059호
주소 | 서울시 마포구 토정로 135 (상수동) M빌딩
전화 | (02)2676-7117 팩스 | (02)2676-5261
전자우편 | geist6@hanmail.net
홈페이지 | www.mujintree.com

ISBN 979-11-6111-055-4 03860

* 책값은 뒤표지에 있습니다.